TIENE LOS CABELLOS ROJIZOS
Y SE LLAMA SABINA

NUEVA NARRATIVA HISPÁNICA

JOAQUÍN MORTIZ • MÉXICO

JULIETA CAMPOS

Tiene los cabellos rojizos y se llama Sabina

Primera edición, mayo de 1974
Segunda edición, junio de 1978
D. R. © 1974, Editorial Joaquín Mortiz, S. A.
Tabasco 106, México 7, D. F.

ISBN   968-27-0027-2

A
TERINA DE LA TORRE,
MI MADRE

*Je reposerai donc au bord
de la mer que j'ai
tant aimée*

CHATEAUBRIAND

Descansaré, pues, a la orilla
del mar que tanto
he amado

CHATEAUBRIAND

"No estoy aquí. Estoy en otra playa, hace veintidós años. Hay un muelle largo y ya a esta hora las olas son grises, del color del plomo fundido. Se agitan porque se acerca la noche." Si fuera el principio de una novela hubiera debido empezar así: *Mucho tiempo he estado acostándome temprano. A veces, apenas había apagado la bujía...* pero no sé cómo habría terminado, porque sería otro el narrador y no habría nenúfares ni campanarios ni playas de Normandía ni, sobre todo, esa confianza inconcebible en el poder de la palabra. Ésta es, sería, mi novela y la frase de Proust, después de todo, no hubiera servido. La verdad es que nunca he sabido por dónde empezar. Hay tantas palabras y tan poco que decir. Y si se trata de contar algo es porque se supone que ocurren cosas que no se explican por sí solas y que buscan a las palabras para salir a flote como alguien a punto de ahogarse busca un madero para asirse y sostenerse. Soy un personaje que mira el mar a las cuatro de la tarde. Pero también soy alguien que imagina a ese personaje que soy yo misma. Y soy las palabras que imagino y que, al ser imaginadas, me obligan a mirar el mar desde un mirador de Acapulco. Toda palabra es a la vez principio y fin. Aquí no ha pasado nada. Nadie sabe desde cuándo el silencio fue roto, para siempre, por el ruido del mar. Son varias las voces que gritan pidiendo auxilio y se oyen cada vez más cerca. Pronto vendrán y serán ellos los que me miren. ¿Por qué no vamos a nadar a la Gruta Azul? La cueva va a dar al Fuerte. Moverse resulta difícil cuando se tienen los pies de plomo. O se está en un mar de plomo. No sé de dónde viene la música. Me asusta este silencio. Dicen que un poco más adentro el color del agua es bellísimo. Muchas veces he soñado con el mar. Recuerda que a la mitad del camino hay una selva oscura. Esto que ocurre ya lo has soñado. Recuerda. Haz por recordar. El mar es el mar. La luz es la luz del sol. Es la música lo que te trastorna. Me persigue y me asedia, como un amante, la imagen de Venecia. Tocan música tropical. A las cinco y cuarto se pondrá el sol. Déjate fascinar por tus propias palabras. Hace siete días que estoy aquí mirando el mar. Un mar de escenografía, un mar dispuesto para algo, un mar que sabe representar su papel. Yo también represento un papel pero es mucho más modesto, casi mínimo, yo diría que virtualmente inexistente: represento un papel que a nadie le interesaría robarme porque todos sueñan con los grandes papeles, con la trascendencia y con la grandeza, y no se detienen, nunca se detienen un solo instante, nunca se paran y contemplan la escenografía. Me llaman. Ellos me llaman. Si tomo la fotografía me quedaré definitivamente fuera. Las vacaciones han terminado. Debo irme. Debemos irnos. Yo hubiera tenido que escribir una novela pero las novelas, dicen, se escriben

12

con las cosas que pasan y a mí nunca me ha pasado nada. No he hecho más que estar sentada aquí, en este parapeto, que es un mirador, que es una terraza, viendo aquel promontorio iluminado como una escenografía magistral, este sitio que ha estado aquí desde el principio, preparado para algo que no ha ocurrido y que siempre ha estado a punto de. Un sitio imaginado por un director genial para representar la más grande ficción inventada por un hombre. Alguien podría, pudo, hubiera podido dibujarlo y poner debajo estas palabras: HAMLET, by William Shakespeare. Durante cada uno de estos días que han sido siete, he estado esperando verlo salir por esas escaleras, al encuentro del fantasma airado de su padre. He estado esperando, como si debiera ocurrir algo excepcional. Es una lástima irse ahora en plena tarde, cuando todavía podría ser que, podría ser, podría. Y a este podría hay, hubiera habido que ponerle un punto final. Constantemente se me ocurren frases truncas que, sin embargo, se cancelan con un punto final. Las cuatro de la tarde y el hotel entero, sobre los acantilados, ondea suspendido en el aire, en la luz que parecería irrepetible pero que vuelve a repetirse infaliblemente. Yo no sé, tú no sabes, qué hacer con las palabras y las dejas escapar, como se pierde el aire entre los dedos cuando uno dice adiós. No saber qué hacer con las palabras. Ya casi no queda nadie en la alberca. Sólo esa muchacha tan delgada, en bikini amarillo. Y el novio con quien juega cada día a esta hora, al siete y medio o a alguno de esos juegos rápidos que pueden interrumpirse en cualquier momento. Y por supuesto la mujer sola que, en una película de Fellini, atravesaría con languidez, acompañada por un tenue aire wagneriano, el vestíbulo naturalmente simbólico y un poco melodramático del hotel de lujo de un balneario austriaco. ¿Qué podrías hacer con ellos? ¿O con esa otra, un poco gorda y casi vulgar, que baja todos los días a la piscina con plumas y cuadernos y un libro póstumo de Hemingway y no escribe nada sino que habla sin parar, quizá desesperadamente, con su acompañante, un japonés joven al que no abandona un solo instante como si tuviera que recordarle algo sin cesar? No me sirven. Sería inútil contar esas historias como quizá las contaría alguien que no fuera yo y que estaría, debiera estar sentado en otra terraza, más arriba, en una de las terrazas más altas del hotel, entre aquellas palmeras por donde algunas noches he visto salir de repente una luna de escenografía, inquietante y rojiza. Como las contaría él, ése a quien he rastreado todos los días, sabiendo que está aquí pero sin haber logrado verlo nunca y que sin embargo ha estado tan presente y al que no he llegado a ver porque no me he atrevido, he preferido evitarlo, ya que hubiera bastado un poco más de sutileza o quizá simplemente la osadía necesaria para detenerme un momento en la administración y hacer unas cuantas preguntas con la mayor naturalidad. Él, que, estoy absolutamente segura, no deja de mirar desde una de

14

esas terrazas que corresponden a los cuartos más antiguos del hotel, no deja de mirarnos con sus prismáticos, unos ridículos prismáticos de ópera, porque es un fantoche, un histrión que sabría representar todos los papeles. Que gozaría, por ejemplo, simulando un tropiezo fortuito con la anciana alemana y su nieto, los que bajan más temprano a la alberca, ella sin exponerse jamás al sol, demostrando en todo caso que sólo condesciende a bajar por el niño, para volver a subir con tanta parsimonia una vez que viene a reemplazarla el marido, el abuelo, el viejo rígido, inabordable, que en traje de baño sigue siendo el mismo oficial de modesta graduación que avanza hoy, hace treinta años, sobre el frente polaco; que gozaría simulando ese tropiezo sólo para tener el pretexto de pedir disculpas en el más correcto alto alemán. Él, que sabe imitar todos los acentos, que podría *impersonar,* lástima de palabra tan jugosa, que podría adoptar la persona de Françoise, la fiel y abnegada Françoise, o la máscara de Naphta, exacerbando con sospechosos refinamientos sus escarceos intelectuales, o la cadencia del francés de la Maga para entonar '*Alors mon p'tit voyou*' o que hablaría, con secreta complicidad, de un tal Larry Durrél, recalcando mucho el acento en la *é,* '¿no lo conocen ustedes: no, no el autor del *Cuarteto* sino aquel oscuro jazzista de los cuarenta?' Sé que está en uno de aquellos cuartos, protegido por la vegetación tan profusa de allá arriba, sin que eso le impida estar mirando todo el tiempo, espiándo-

15

nos, presenciando de esa manera vergonzante cada uno de nuestros movimientos. ¿Te acuerdas del mirón de Robbe-Grillet? ¿Sería él, acaso, un mirón cualquiera, inofensivo y capaz de cometer al mismo tiempo un crimen sórdido y perfecto? Pero no, te equivocas. Lo tomas por algo que no es, lo confundes, le atribuyes vicios que corresponden a otro personaje, a alguien que no es novelista, ni podría jamás escribir una novela, ni aprovechar las historias que desfilan por aquí ofreciéndose al mejor postor que podría muy bien ser él; él, que no tiene remilgos ni escrúpulos pero que no es tampoco ese histrión ridículo y fracasado que malignamente te has puesto a imaginar; él, que inventaría lazos, y orígenes y fines sin mayores vacilaciones y que estaría dispuesto a sacarnos a todos de este ambiguo anonimato, de esta temblorosa latencia que has estado percibiendo sin decidirte a hacer nada con ella. Yo ya tengo que irme. Es la segunda vez que me llaman y he dicho: "Ya voy, un momento, sólo un momento porque quiero tomar las últimas fotos" y no es verdad, aunque haya sacado la cámara para ponerla sobre este barandal y esté acariciándola casi con la mano derecha mientras dibujo en el aire, con la izquierda, el boceto del promontorio; no es verdad porque no tomaré ninguna fotografía, sabiendo como sé que en ella no se reflejaría lo que he visto en estos siete días y bastaría que yo oprimiera ese pequeño resorte para que mi visión, al quedar impresa en una película negativa para ser trasladada luego a un papel fotográfico, desapareciera y se fijara sólo la muerte, la congelación atroz de lo que he creído percibir en los siete días que han durado las vacaciones que están a punto de expirar. Debo irme. Muchos se han ido a comer pero otros llegan, algunos por primera vez porque apenas acaban de registrarse en el hotel y no quieren perder el día y se han puesto el traje de baño para bajar a la alberca y aprovechar siquiera media hora antes de subir al comedor; otros, porque ya han comido y se han sentido demasiado solos en sus cuartos y se han dicho que no han venido a eso y que se está mejor allá abajo y es preferible dormir una siesta protegidos por la sombrilla, dejándose adormecer por el parloteo y el ruido que hace el agua cuando alguien se lanza a la piscina. A esta hora ya no hay niños. Los niños sí duermen la siesta en sus cuartos y luego se despiertan como si fuera otro día y bajan corriendo hasta la poza de mar, porque allí hay cangrejos y caracoles, peces y hasta pequeñas estrellas adosadas a las piedras recubiertas de un verdor resbaloso que da un poco de miedo tocar. Ayer o antier, cuando ya había oscurecido y habían encendido los spots que iluminan el promontorio entre las siete y las diez, cuando me senté aquí como cada noche a contemplar la escenografía otras veces desierta a esa hora, me di cuenta de que había una niña allá abajo, casi una adolescente, deslizándose entre las cuerdas que separan el piso de cemento que han construido sobre las piedras y que rodea a la poza, de las rocas de afuera y del mar que salta constantemente sobre el cordón e invade la plataforma y llega a subir algunas veces unos cuantos de los escalones que dan acceso al promontorio. La niña está completamente sola y hay una especie de desafío en su juego, un desafío ingenuo y espontáneo, quizás irreflexivo, a la violencia del oleaje. Estoy a punto de gritarle o de bajar a advertirla del peligro, pero no lo hago. Me parece, no sé por qué, que no tengo derecho a interrumpirla, que ella realiza un juego ritual, que la libera de algo, en esa soledad voluntaria y desafiante. Es un privilegio verla jugar su juego solitario, como la repetición de un gesto ancestral que estuviera reproduciendo sin saberlo. Al verla tú, yo, su gesto estaba salvado y no se perdería. ¿Por qué esos gritos? ¿Por qué esas voces? ¿Por qué la obstinación de recordar implacablemente que debo recordar? Soy la que está sentada en el muelle, hace veintidós años. La luz de las cuatro es despiadada. No es cierto que haya una historia que contar. Ellos ya están impacientes. Ya han cerrado las maletas pero no se deciden a salir del cuarto refrigerado. Entreabren apenas la puerta para no dejar que se cuele el calor y te gritan, sin poder explicarse por qué sigues ahí como si no los oyeras. Las voces retumban sordamente en el calor, como si alguien hablara dentro de una botella que contuviera a otra, que contuviera a otra, que contuviera a otra. La luz es verdosa y lunar, como en un extraño amanecer nocturno. La luz es demasiado blanca y puede partirte

18

en dos como una flecha a una manzana. La luz es
amarilla como en una película filmada en sepia y
los deja prendidos a los dos, personajes de un libro
que no es éste, como mariposas, dentro de un marco ovalado. La luz es ámbar en la sala de vidrios
emplomados donde dos niñas hacen como si jugaran, levitan como si jugaran, posan como si jugaran,
hacen como si el aire no oliera a helechos podridos.
Basta apagar esas luces para que desaparezcan los
fantasmas. No hay fantasmas a las cuatro de la tarde.
Todo podría pasar. Ellos debieron abrir la puerta
hace un instante. Me hubieran forzado a acompa-
ñarlos. Todo habría terminado de una vez. ¿Que
cuánto duraría esa novela? El tiempo que ella mira
el mar, antes de volver. ¿De volver a dónde? De
volver, como todo el mundo tiene que hacerlo llegado el momento. El final de las vacaciones. No
sería la primera novela que describiera un instante
ficticiamente abultado, sin relación alguna con el
verdadero transcurrir del tiempo. No sería, pues,
original. Se ha escrito ya una novela que intenta
representar en doscientas páginas el transcurso de
dos minutos y es la historia de un señor que refle-
xiona acerca de cómo escribir una novela que el
autor ya ha escrito y en otra, que pretende ser la
crónica de un instante, el tiempo se muerde la cola
como la serpiente mítica. ¿Entonces? El tiempo de
esa novela sería a la vez apenas un momento y la
condensación de todo el tiempo de las vacaciones.
O, dicho de otra manera, una duración que tendría

que reunirlo todo. ¿Todo? Integrarlo todo: el tiempo de ella, el tiempo de los que esperan dentro del cuarto y a la vez, como si dijéramos, la eclosión, la maduración de la vida que se recogería y se concentraría en el momento de la novela como un haz compacto y perfectamente bello. ¿Pretendes que unas vacaciones pueden ser la suma de la vida? ¿Quieres decir que se puede reintegrar en ese lapso toda la existencia del personaje y las de los demás personajes que la habitan, si me permites la expresión un tanto imprecisa y metafórica? Más o menos. Pero sobre todo me interesa el punto límite, cuando las vacaciones llegan a su término: me interesa el último momento = cierta experiencia de morir un poco, acentuada por el contraste con esa exultante (yo diría insultante) sensación de libertad que sólo se da en vacaciones o cuando uno está de viaje. Nada más eso, sin inflarlo demasiado, sin abusar. *Tu aimes les grands mots, n'est-ce pas?* Ya habría que escribir libros que no se hubieran escrito nunca. ¿Cuántas veces lo has oído? Bueno (saco un cigarro). Bueno (quiero decir): algo que no sea ni novela, ni cuento, algo completamente nuevo. ¿Me entiendes? ¿Me explico? Ya se ha escrito todo o casi todo. Te entiendo, te explicas, pero no me impresiona, francamente no me dice nada. Es un juego más. Y sin embargo no puedes dejar de jugarlo. Él, ese que has colocado allá arriba, quizá no usa prismáticos sino un largavista moderno y excepcionalmente preciso con el que podría ver muy de cerca, si quisiera, un punto situado en la playa, digamos, a cinco kilómetros de distancia, donde una joven falsamente embarazada sería perseguida por un falso padre, que sería su seductor, que sería el amante de su madre. Un argumento hecho a su medida, como para que a él se le ocurriera. No te burles. Eso ya lo ha metido alguien en una película. ¿Una película de Joseph Losey con argumento de Tennessee Williams? Él está en ese cuarto que llaman *El laberinto* y que tiene cerrado el acceso de los demás huéspedes del hotel porque a la entrada del pasillo angosto que bordea el acantilado y conduce a esa habitación hay una advertencia: PRIVADO. Piensa que tiene derecho a ese privilegio y que si alguien lo descubre, un periodista o una admiradora extranjera o ambos, que sería lo ideal, saldrá varias veces más en los periódicos. Pero no lo estoy pensando ahora, que han pasado siete días y creo saber algo de este lugar. Lo estoy pensando el segundo día, cuando todavía sólo lo intuyo y apenas empiezo a instalarme en la escenografía y no sé que el hotel son dos hoteles, el de acá abajo y el de allá arriba; este nivel que se abre, sin reservas y sin secretos, al mar y aquel otro lleno de recovecos sinuosos, escondido entre la profusión verde de lo más alto del acantilado. Las cosas no se ven igual desde aquí que desde allá, de eso estoy segura. Aquí es como una última instancia por la que tienen que pasar todos, aun o mejor sería decir *especialmente* los que viven allá arriba: los huéspedes que veo desde aquí vie-

21

nen en su mayoría de los cuartos que están situados, como ese donde él está, más arriba, algunos muy a la vista y otros bien protegidos entre las palmeras. Sí, lo intuyo desde el segundo día cuando, al mismo tiempo, empiezo a sentir que ocurren cosas en el hotel de las que no nos enteramos y que pueden llegar a tener, sin embargo, una importancia decisiva para todos. Me doy cuenta que estamos aquí para un experimento, como si se hubiera planeado la llegada de cada uno de nosotros para dar testimonio de algo o para participar en algo o para evitar algo. Lo que ocurre, si es que algo ocurre, se esboza apenas y sólo cuando presiento las razones de su estancia en *El laberinto* me puedo explicar en alguna medida mi recelo y mi suspicacia y empiezo a comprender que él nos mueve a su antojo y que el peligro que nos acecha es el de actuar como títeres manejados por una voluntad ajena y carente de cualquier escrúpulo. Todavía ahora, que estoy a punto de irme, me pregunto si ha sido todo una fantasía o si, al contrario, ese propósito suyo de inventarnos, de meternos en una trama construida según sus designios arbitrarios no ha sido lo que ha impedido que yo, la única que ha adivinado su presencia y sus propósitos, pudiera hacer lo que vine a hacer aquí, pudiera imaginar libremente mi propia vida y proyectar esa novela que tú, mi doble, mi otro yo, mi sombra inevitable, todavía ahora pretendes que yo escriba, pretendes que hubiera podido escribir. Porque hay dos novelas, la de él y la

22

mía, que se confunden y pugnan por abrirse paso y prevalecer y desplazar la una a la otra y las dos han estado viviendo una al lado de la otra, o como sobrepuestas o yuxtapuestas, estos siete días en que el azar nos reunió aquí, aunque no nos hayamos visto y, supuestamente, ni él ni yo sepamos de la existencia del otro. ¿Qué puede usted decirnos de cada una de esas novelas? ¿Se trata de dos novelas de éxito, susceptibles de convertirse en *best sellers*? ¿Qué me dice de *Cien años de soledad*? ¿Cree usted que Latinoamérica ha dejado de ser esa "novela sin novelistas" que dijera algún día, en un celebrado alarde de ingenio latino, el peruano Luis Alberto Sánchez? ¿Qué piensa del *boom* de la novela hispanoamericana? ¿Considera que los novelistas de nuestra América han encontrado ya un nuevo lenguaje? Nombres, nombres, nombres. Exijo que se declare usted a favor o en contra. Si en Europa interesan nuestras novelas, usted lo sabe, es por aquello de la fatiga de la cultura Occidental, agotada de tanto mirarse en un espejo, como Narciso, hasta tropezar con la imagen de la muerte. Por eso nuestras ficciones tienen que ser distintas. Nada de "imágenes en el espejo"; nada del escritor que se contempla en el acto de escribir y otras zarandajas por el estilo, propias de la decadencia, de la pobreza del ingenio, de la impotencia en una palabra. Nuestra realidad está llena de cosas que suceden, desproporcionadas y magníficas, grotescas también, pero siempre enormes. En nuestro mundo pululan personajes

desmesurados, predispuestos al mito, que nuestros novelistas tendrán que descubrir, si quieren ser grandes.
Porque ahora nos toca a nosotros: ¿de dónde sino
de esta América nuestra, de este continente donde
queda todo por decir, de dónde sino de aquí han
de salir los nuevos Balzac, de acuerdo por supuesto
con los tiempos que estamos viviendo, de acuerdo con las exigencias de una novela que no sea ni
realista, ni psicológica, ni objetivista ni subjetiva, ni
expresionista ni impresionista, ni burguesa ni prole-
taria...? Porque eso sí, oiga usted, ni realismo bur-
gués ni realismo socialista: no, otra cosa, acorde
con la era del átomo y los cohetes a la luna y, a la
vez, capaz de representar el universo americano.
Supongo que estará usted de acuerdo. Pero ¿qué
puede decirnos de cada una de esas novelas? ¿Se
trata de dos novelas de éxito susceptibles de convertirse en *best sellers*? Es todo por hoy. Gracias, muchas gracias. Usted sabrá disculparme, pero prefiero
no opinar nada todavía. Es un poco prematuro. No
sabría decirle. Por lo menos en cuanto a mi novela.
¿Un *best seller*? No, no creo. Quizá su novela, la
novela de él estaría más de acuerdo. En todo caso
se prestaría más. En cuanto a mi libro. No, no tiene
que ver con ningún antecedente, ni con las demás
novelas que pudieran o debieran escribirse en Latinoamérica. No, no pretende nombrar las cosas, ni
encontrar los grandes mitos capaces de encarnar
nuestro pasado, nuestro presente y nuestro futuro.
Yo, sabe usted, soy más modesta y además apenas

24

si creo en el presente. En cuanto al pasado, por más que he tratado, se me escapa de las manos, de las palabras, se esfuma, me hace muy malas jugadas. Por eso no empezaría como el libro, la novela, la obra de Proust, a pesar de que estamos en su centenario y todos apreciarían esa especie de homenaje discreto, casi silencioso, adecuado para quien todo lo puso en sordina y no soportaba los ruidos y mucho menos la estridencia. No sé si me explico. Perdón, eso ya lo ha dicho alguien antes. Es la novela que no debió escribirse, que a nadie le interesaba ver escrita. Pero despreocúpese. Es también la novela que no se escribirá. Que no se escribirá. Siga tranquilo. ¿Por qué no le hace a él una entrevista? Él lo espera, sin inmutarse, en *El laberinto*, dispuesto a darle todas las respuestas adecuadas. Él sería un interlocutor propicio. Yo no. Además de que estoy a punto de irme y ya no hay tiempo. Sólo puedo anticiparle que el verdadero tiempo de esa novela es otro: es un tiempo imaginado frente a un escritorio de *rock maple*, lleno de pequeños espacios que están llenos, a su vez, de libros, de tarjetas, de papeles, fotografías, cartas, plumas alemanas, plumones japoneses, cajitas de cerillos suecos y diminutos cuadernos de notas. Es un tiempo que no coincide con éste, en que usted me pregunta acerca de las dos novelas, interfiriendo de una manera impertinente y ridícula con el otro tiempo y con la asepsia que exigiría esa novela si llegara a ser escrita. Rechazo la interferencia y usted, quienquiera que sea,

25

queda marginado y no volverá a aparecer en la
novela que se está escribiendo en el escritorio sólido
que guarda además un ejemplar de la Biblia y dos
ediciones antiguas: una de los *Viajes de Gulliver*
publicada en París, corregida y respaldada por la
aprobación del señor Abate Lejeune, *illustrée de 20
grands dessins,* y otra intitulada *L'angine de poitrine,*
editada también en Francia a mediados del siglo xix.
He dicho que no sería escrita y, sin embargo, es el
único libro que podría escribir, que me importaría
escribir. El tiempo en que pienso esto no coincide
exactamente ni con el tiempo frente al escritorio,
el momento en que se escribe esta novela, ni con el
tiempo en que el personaje que habla en primera
persona, la mujer que dice Yo, permanece por una
duración indefinida frente al promontorio, inmovi-
lizada por una fascinación sobre la que su voluntad
no ejerce ningún control. Algo debe seducirla y a la
vez llenarla de temor. Mira el mar, sabiendo que
los límites del horizonte son engañosos. ¿Cuál es su
visión? ¿La de algo incesante e interminable? Todavía no lo sé con certidumbre y quizá nunca llegue
a saberlo. Ella está allí sola y mira, aunque la luz
es tan excesiva que no podría asegurarse que vea
con precisión siendo lo más probable que todo apa-
rezca aureolado de un halo irreal semejante a los
que, en relatos de apariciones, rodean a los fantasmas. "La fascinación es la mirada de la soledad"
sugiere entonces, demasiado lúcidamente, una voz
crítica que tampoco tenía para qué intervenir. ¿Se

26

trata, pues, de un personaje solitario, o en soledad, fascinado/a por la mirada que le devuelve el mar? ¿Acaso un personaje en éxtasis sereno frente al espectáculo de la naturaleza? ¿O, por el contrario, una mujer enardecida, en trance, imbuida de palabras como destino, iluminación, infinito, alma (profundidades del, y sus misterios), ambigüedad, pasión, memoria, absoluto? ¿El paisaje? Un simple promontorio acosado por las olas. Mudo, opaco, silencioso. Yo me pregunto si esta novela deberá, debe escribirse en presente o en pasado. Escribirla en futuro sería el único recurso inteligente, pero nadie ha escrito nunca una novela en futuro. Las voces que se oyen, las que ella escucha, las que encierra, hablarían siempre en pasado y ella misma ha dicho que sólo cree, apenas, en el presente ¿no sería una contradicción, irreconciliable por otra parte con esa fantasía de escribir la novela en futuro? Está el personaje que ella cree ser, los que le atribuyen los demás, los que podría haber sido, los que ha inventado, los que la inventan a ella: están todas esas voces. ¿Voces que la acosan, que interfieren con la que sería su propia voz? Voces apenas articuladas, que rebotan entre ruidos imprecisos y se pierden en el espacio abierto de una terraza situada entre acantilados. *Other voices, other rooms.* Las voces, los ámbitos: la casa y la ciudad. Dos espacios, uno cerrado y otro abierto que lo contenía. Contener = encerrar dentro de sí, reprimir, suspender un ademán o movimiento, refrenar, moderar un ímpetu

27

o un arrebato. ¿Que qué hora es? Las cuatro. Siguen siendo las cuatro. Así lo has dispuesto. Y en esta novela eres dueña del tiempo. La novela no existe. Ni el escritorio sólido de madera de maple. Lo único que existe es la escenografía. ¿Y si también la escenografía fuera inventada? La localización es perfecta. No puedes permitir que se quede en disponibilidad porque el personaje que estás imaginando y que, mientras lo imaginas, te mirará a ti y mirará la escenografía desde un cuarto llamado *El laberinto,* ese escritor sin escrúpulos podría apropiársela. Éste es un mirador y todo el que lo desee puede ver. El funicular sube y baja, aproximadamente cada tres minutos. Ha bajado, llevando a la poza de mar al joven y bello ejemplar que desciende en triunfo dispuesto a acometer grandes hazañas. ¿Un play-boy arquetípico del subdesarrollo? Has mirado mecánimente hacia aquella terraza cubierta porque sabías que allí estaría la madre, contemplándolo henchida de complacencia, como una soberana griega que despidiera al heredero desde lo alto de un templo blanco situado entre las rocas. No habla inglés pero las gringas lo adoran. Las empuja a la alberca cuando están más desprevenidas, las besa inesperadamente en los rincones, les da celos a unas con otras y, cuando aparece una presa más codiciable, se desprende sin elegancia de la menos afortunada y la deja en brazos del fiel lugarteniente que nunca lo abandona. No me digas que el personaje no se acomodaría deliciosamente en un cuento frívolo y fácil de leerse: al final de un crucero por el Caribe o por el Mediterráneo, se descubriría que un amor vergonzante y sin perspectivas se interponía entre ambos y la verdadera felicidad. El funicular sube de nuevo y él se queda ahora en la alberca intermedia, porque abajo no hay nadie y, dentro del papel que se le ha asignado, la soledad es inquietante y debe buscar incesantemente una compañía transitoria, pero tranquilizadora. La niña del bikini amarillo percibe de inmediato su cercanía y levanta los ojos con disimulo, mientras el novio hace la siguiente jugada. Él extiende morosamente la toalla sobre el colchón más protegido del sol y le dirige, de reojo, una mirada retadora. El salvavidas, que se encamina hacia su puesto de vigilancia allá abajo, le grita algo que no alcanza a oír, a lo que el otro responde con una carcajada, como si hubiera entre ellos alguna complicidad. En mi novela, el aspecto burlesco del personaje se perdería sin remedio. Es inútil. El estilo no es más que la transcripción del discurso interior. El estilo no es más que una manera peculiar de ver el mundo. Quien lo dice sólo existe en función de las palabras. Mientras tanto, yo aspiro apenas a no salir nunca de esta escenografía. Los veo pasar y sus historias se me escapan por esta manía de querer encontrar la historia única donde todos, incluyéndome a mí, pudiéramos acomodarnos. La historia que he estado creyendo encontrar durante cada uno de estos días ociosos; la que casi se impuso cuando la escenografía se convirtió o, más bien, estuvo a punto de convertirse en visión, y que ahora trato desesperadamente de reproducir, antes de irme, porque es mi última oportunidad, es ahora o nunca. ¿Y por qué esta sensación de estar más cerca del nunca que del ahora? ¿Por qué el miedo a tomar la fotografía? Ese minuto, la posibilidad de volver a ese minuto, de reproducirlo sin la más mínima alteración, de volver a sentir precisamente *eso,* de recuperar la certidumbre de un instante de visión pura ¿es lo que me retiene aquí, a las cuatro de la tarde de este día que es domingo y el último de los siete de mis vacaciones? Te engañas. No hay una historia. Hay muchas historias y todas merecen ser contadas. Para eso hay gente como él, el espía que se esconde en *El laberinto* y se pasea disfrazado, cuando se arriesga a salir, agazapado detrás de la máscara inofensiva de alguno de los personajes que él mismo ha inventado. Él sí escribirá una novela. Su novela sí existe, mientras que la tuya no es más que un tembloroso intento de atrapar una visión supuesta, frágilmente entrevista en un instante irreproducible, por la conjunción de algo imprevisto, imponderable y probablemente subjetivo con ciertas condiciones del tiempo y el espacio perfectamente reales, no lo dudamos, pero que, y eso tú debes aceptarlo, difícilmente volverán a coincidir y, aun en el supuesto de que tal conjugación se diera, no sería precisamente ahora, a las cuatro de la tarde de este domingo 8 de mayo de 1971, cuando tienes que dejar el hotel

porque han terminado las vacaciones. Hace veintidós o treinta y nueve años. Veintidós o treinta y
nueve años después. No importa. Con eso no se hace
una novela. La gente va y viene. Lo rodea, no lo
ve, o digamos que lo ve de otra manera. Me refiero, por supuesto, al promontorio, sin el cual la escenografía no hubiera podido aspirar al ambiguo privilegio que alguien ¿tú, yo? pretende concederle. El
funicular sube y baja. La gente va al comedor y
vuelve del comedor. Hay unos que llegan y otros
que se van. Un hotel sería la mejor localización
simbólica de la vida. Punto. ¿El escenario para algo
decisivo? Un lugar de tarjeta postal, no te equivo-
ques. Las tarjetas las venden en la tabaquería. Uno
de esos paisajes como mandados a hacer para la
motivación del turismo en los países nórdicos: *Re-
cupere el paraíso. Visite Acapulco.* Ni brumas ni
fantasmas. El trópico, no Elsinor. Tenerlo muy en
cuenta. Un error como ese de atribuirle al promontorio un aura shakespiriana bastaría para arruinar
cualquier novela. Vigilar la tendencia a la despro-
porción. Evitar toda sospechosa propensión a lo solemne. La literatura se hace con las palabras de
todos los días y sirve para contar las cosas que pasan.
Las gaviotas: únicos pájaros cuyo nombre conocen
los poetas. Mucho cuidado con frases como ésa.
¿Desde cuándo ha estado ahí el pelícano? Mime-
tizado, confundido con las rocas blanqueadas de lo
alto del islote, se disimula tan virtuosamente que
no lo había descubierto. No sé por qué ahora, de

31

improviso, se distingue con tanta claridad. Si te quedaras un poco más, cada cosa encontraría su acomodo; cada cosa empezaría a hablar. Como el pelícano que no sabías que estuviera ahí. ¿Cómo te vas ahora, precisamente, cuando todo está a punto de revelarse? Cuando vas a conocer por fin el tema de su novela y el de la tuya y todo lo que has visto en cada uno de estos días va a acabar por asentarse y tener límites y poder contarse. ¿Cómo adivinar cuál de todas las historias es su historia? Es muy fácil. Una muchacha delgada, la más bella de todas las que se hospedan en el hotel, se encuentra cada noche, en uno de los rincones disimulados por la vegetación que hay allá arriba, con el joven del bigote impecable. Se amarán rápida y un poco angustiosamente, como si alguien los espiara. Se palparán cada noche como si fuera la última; de día, ella volverá a pasearse con orgullosa indiferencia, al lado de sus padres, los tres llenos de elegancia y lejanía, por las escaleras, el bar, el restaurante, saludando levemente a algunos conocidos, asiduos de todas las vacaciones. Ella no nadará jamás en la alberca. Cuando se ven de día, fingiendo desconocerse, él se hace acompañar siempre por la última recién llegada, que ella finge no ver. ¿El final? Tratando de no llamar la atención, los empleados del hotel se movilizan y por primera vez parece que sus actos han adquirido un objetivo. Algunas caras nuevas se han añadido a las familiares: policías mezclados entre meseros y encargados del *room ser-*

vice la buscan infructuosamente. No, no aparece el cadáver en el fondo de la barranca ni la descubre sorpresivamente un clavadista, en el último salto de la noche, atrapada entre las rocas por culpa de sus cabellos demasiados largos. No. Sería de mal gusto, más melodramático de lo que parece tolerable, aun para un escritor como él. La violencia debe presentirse, como suele ocurrir en la vida misma. Pero verla de cerca es demasiado repugnante: basta con la tensión, que acabará por cerrarse sobre los personajes hasta devorarlos. Todo puede terminar en un mediodía como éste, con la misma luz intensa, que hace temblar los bordes de las cosas si uno las mira demasiado. Mientras tanto él, el único que conoce el destino de la muchacha, te mira desde su cuarto y piensa que no te decides a irte porque dudas entre dejarte convertir en personaje de su novela y obligarlo a él a entrar en un libro que apenas imaginas y ya se te escapa de las manos y tiende a desvanecerse. Pero él no sabe, ni podría adivinar, la forma de mi novela: la del laberinto que se abre de pronto a una espléndida escenografía. No puedes olvidarte de Venecia. Venecia de las ciento dieciocho islas. En 828 un barco trae de Alejandría el cuerpo de San Marcos y las dos ciudades marinas quedan ligadas para siempre. ¿Alguien se ha preguntado cómo y en qué momento surgió la idea de una urbe que encarnara para siempre el triunfo de la belleza? Venecia la del laberinto de las incontables calles sinuosas, donde cualquier cosa podría haberte ocurrido en el silencio de una madrugada solitaria, mientras buscabas, sabiendo que era inútil, una plaza y una estatua que se te habían perdido una mañana, hacía muchos años. Tenías miedo y oías pasos cada vez más próximos que parecían seguirte más y más de cerca, hasta que se iban volviendo sordos y lejanos y te rodeaba algo peor que el miedo de los pasos: la angustia del silencio. El silencio de los puentes y del agua negra, estancada debajo de los puentes; el silencio de las paredes altísimas de las casas muy viejas y de los faroles débilmente alumbrados; el silencio de los gatos inmóviles, como aparecidos, en los quicios de las puertas cerradas o en el fondo de las calles cerradas, que no van ni vienen de ninguna parte; el silencio de las fachadas iluminadas, el silencio de las estatuas iluminadas, el silencio de casas habitadas y de casas no habitadas, el silencio del salitre de mil cuatrocientos años, el silencio de los primeros palacios y el silencio de lós últimos palacios. El silencio de Venecia nocturna. Sales a la plaza y la ves por primera vez, la ves como si no la hubieras visto nunca. Como no la habías visto ninguna de las veces en que habías recorrido lentamente el Canal Grande, con una guía en la mano para aprenderte los nombres famosos de los palacios famosos, de la Venecia famosa y visible: Palazzo Vendramin Calergi, donde muere Wagner en 1883, Fondaco dei Turchi, Palazzo Pesaro y Ca'd'Oro, Palazzo Grimani, Ca' Foscari y

Palazzo Rezzonico, Santa Maria della Salute y Palazzo Contarini-Fasan. La ves por primera vez, con fondo sonoro de obertura de *Tannhäuser* tocada por una banda austriaca. El laberinto y la gran Piazza: la Piazza deslumbrante detrás de la cual se agazapan el silencio, la oscuridad y la muerte. Una novela calcada sobre el diseño de Venecia: el laberinto y la plaza. ¿Y todo porque él está en ese cuarto que se llama casualmente *El laberinto*? ¿No te parece una coincidencia barata? Al contrario, empiezo a ver claro. El trazado incierto del laberinto alberga todo lo que es informe, caótico, desorganizado. Por eso él, el personaje sin nombre que espía allá arriba, puede inventar infinidad de tramas, acciones y argumentos. Inventar que hay una intriga misteriosa y que algo sórdido ha ocurrido. Pero ¿acaso él, que está más arriba, no te abarca a ti y a la visión que dices haber tenido desde este mirador, que ya está tan cerca del promontorio? Desde arriba, él no ve el promontorio. Es cierto que su ángulo de visión me abarca, pero creo que sólo llega hasta aquí y que no puede ver lo que ocurre más abajo, en la piscina, en la poza de mar, en los escalones que suben al peñasco. La visión desde el mirador, aquí donde estoy, es otra. Las cosas tienden a tomar su lugar adecuado en la escenografía, a apaciguarse, a perder su desmesura. Puedo darme cuenta de ese milagro de perspectiva que he tenido la fortuna de descubrir sin merecerlo, por casualidad, sólo porque me dieron esta habi-

tación cuando llegué al hotel, la única situada justamente enfrente, la única con una terraza grande y
abierta, desde la cual pueden verse de noche las
constelaciones y de día y aun después de anochecer
(porque han tenido la perspicacia de iluminarlo)
un alto promontorio lamido por las olas, un promontorio que debió ser alguna vez una isla y es
ahora una península escarpada, rodeada de agua
por todas partes menos por una, ya que el muelle
de cemento construido sobre rocas, que encierra a
la poza, enlaza al promontorio con los acantilados
donde empieza a escalonarse el hotel. Más valdría
que te fueras ya. ¿Para qué seguir demorando la
partida, si es inevitable? Ellos te esperan, están impacientes y no vale la pena hacerlos esperar más.
No vale la pena seguir aquí, tratando de atrapar
algo que nunca te perteneció. ¿Qué pretendes pes-
car al vuelo, aprovechando un margen de tiempo
que le robas al tiempo, porque es un tiempo que
ya no es tuyo, que ha dejado de corresponderte?
Frente al escritorio de maple transcurre el tiempo
verdadero de la novela y puedes contemplar, delante
de ti, cuatro fotogarfías del promontorio. ¿Cómo
es posible si estás agotando el tiempo y aún no te
decides a tomar la fotografía que, si fueras afortunada, te revelaría después lo que creíste ver un día
y ahora no logras vislumbrar en la escenografía
muda que sigue atrayéndote, sin embargo, desesperadamente? Las cuatro fotografías fueron tomadas
a distintas horas. El mar de la mañana aparece

36

brusco, agitado, violento. El mar estático, salpicado de luces brillantes, obsesivamente inmóvil es el mar de mediodía. Por la tarde se ha vuelto espesamente azul, una sola masa que podría cortarse, interrumpida acá y allá por copos de espuma gruesa. Al anochecer es turbio, rojizo y morado, empezando a ser, más que la imagen impresa en una fotografía, la huella de un ruido impresionante y recurrente, a intervalos regulares, que se sucederá sin variar toda la noche: el sonido de las olas cuando se acercan a la tierra y rompen, una tras otra, sobre las formaciones pétreas de la orilla. JUBILATE DEI. En el escritorio de maple, además de las cuatro fotografías, encontrarás un libro donde habría dicho Kafka: *La fotografía concentra la mirada en lo superficial.* Y te preguntarás: ¿Acaso la fotografía sería capaz de mostrar algo? La verdadera vida no podría sorprenderla ni con los lentes más precisos. Es inútil. Las terrazas, los balcones, empiezan a derretirse y la fachada frente al mar reproduce el movimiento ondulado de las olas, como un delirio de Gaudí. ¿Qué pasa si en este instante corto la secuencia, abandono mi observatorio y me voy? La sensación de haberlo vivido ya. De estar viviendo dentro de una ficción. De representar un papel. Prepararás una disertación sobre música veneciana. ¿Te acuerdas de la ciudad de México en el siglo XVII? Las fachadas eran de tezontle cobrizo, las calzadas de agua y el destino indeciso: oscilaba entre la ambigüedad de una urbe recorrida por el agua, construida sobre el

37

Venecia - México

agua como Venecia, y una ciudad rectilínea, hecha de cantera, temerosa de los claroscuros, recelosa de sus orígenes. Mi manía de encontrar relaciones. Una escenografía que reúna en un paisaje todos los paisajes. Una escenografía que exteriorice el paisaje interior, que no es sino un añadido de ilusiones, de pesadillas, de recuerdos y de anticipaciones. ¿Lo que has creído ver concentrado, por un momento, en *esta* escenografía? Los espejismos son breves y no se repiten. Sé de alguien que pretende escribir una novela sobre los cinco objetos perfectos. ¿Se trata acaso de un iluso? Él mismo dice haber escrito otra novela sin derecho ni revés, sin dentro ni fuera, sin principio ni fin: una novela que habría sido la perpetración con palabras de aquel objeto infame que inventaron los alquimistas, la imagen blasfematoria de Dios. En la primavera de 1921 algo debió ocurrir en Praga digno de ser consignado en una novela. ¿En el verano de 1971 no ocurre nada en Acapulco digno de ser consignado en una novela? La posibilidad de un relato como un continuo ininterrumpido que pudiera empezar en cualquier momento y terminar en cualquier momento. ¿Y si un narrador objetivo, al margen, apareciera a intervalos regulares, alternando con el personaje que está en el mirador, la mujer, y lo viera o mejor, *la* viera como personaje de otra novela posible? El narrador objetivo creería ver, pero sólo miraría. Y su mirada no añadiría nada. No dejar el andamiaje a la vista. ¿Qué se pensaría de un arquitecto que mostrara en la casa terminada, al descubierto, todo lo que le hubiera servido para cimentarla y apuntalarla? Escribir una de las tantas historias probables. Seleccionar. Suprimir todos esos personajes triviales que no significan nada, ni tienen la menor importancia y sólo distraen, molestan y desvían la atención. Por el contrario: los figurantes, los extras, juegan un papel. Hace falta un núcleo significativo y, por supuesto, un principio y un fin y todo lo que siempre ocurre entre el principio y el fin. No basta con una técnica más o menos hábil de juntar las palabras. Hace falta demostrar que se puede contar una historia. Como sucede con la pintura y con la música: para desdibujar hay que saber dibujar; para ser Prokofiev hay que componer una Sinfonía Clásica. Como personaje que imagina a otro personaje, a una mujer que mira el mar, me interesa una sola historia, la que esa mujer creyó descubrir en un momento privilegiado de su vida, precisamente en el lapso de unas vacaciones, y quizá su obsesión de recuperarla en el último instante antes del regreso sea la única historia posible. Esa historia de una mujer sin historia que inventa un delirio y lo vive como lo único real podría seducirme como me seduce la imagen de una mirada extática sobre el mar. Volvamos al relato: será una historia deliberadamente dispersa, inexistente a primera vista, como un rompecabezas con muchas soluciones implícitas antes de ser armado; una historia singular para cada lector, mañosamente extraviada y seguramente depositada en la localización de un espacio y un tiempo irrepetibles, en el ir y venir de muchos personajes que únicamente pasan, sin detenerse un momento para configurar alguno de los destinos múltiples que podrían estarles reservados. Te propongo una historia, la de una mujer que descubre su imagen en otra imagen solitaria vista fugazmente cerca del promontorio, jugando un juego decisivo y prohibido, repitiendo un ritual antiguo para desaparecer en seguida, sin dejar ninguna huella. En el Génesis se dice que el día séptimo... Sí, sí, tienes buena memoria pero sé que preferirías haber aprendido a olvidar. Yo, el mirador y el promontorio somos una sola cosa. Por eso no puedo abandonar mi posición incómoda en ese relato que me va atrapando cada vez más. Volver al muelle donde estoy y no estoy hace veintidós años. La escenografía y el muelle se confunden. Las secuencias coinciden. ¿No será esa, entonces, la historia que estás obligada a contar? En los códices aztecas encontramos en todo momento la huella humana indicando camino. Ahora es la voz de un poeta, perdida entre murmullos, buscando inútilmente su propio eco en el espacio comedido de una pequeña selva domesticada. He aquí una jaula construida en piedra para conservar un jaguar vivo. Déjame contarte: en París hay un bar donde uno puede tomarse un vodka martini viendo un leopardo encerrado en una jaula de cristal. La penumbra de este momento favorece mucho... De la imagen que sin duda fue un signo ya

40

apenas queda el esbozo de una sombra, la silueta medio desvanecida de un testimonio perdido: los pies han desaparecido, el cuerpo ha desaparecido. Favor de no maltratar a los animales. El pequeño ocelote ha muerto. Todos sabemos que ha muerto de tristeza. Poco a poco todos acabarán por morirse de tristeza detrás de los barrotes, de nostalgia por la libertad de la otra selva, la verdadera. De cualquier manera los persigue la muerte. Abrirán una presa gigantesca y el agua empezará a subir, como en otro diluvio universal, y nadie habrá pensado en construir un arca para guardar dos animales, por lo menos, de cada especie. Yo lo vi y en ese momento me arrepentí de todo: era un monito pequeño y se frotaba la herida con unas hojas, como si así pudiera cerrar esa herida que yo le había hecho. Y tuve que matarlo de una vez. No me lo cuentes. Aquel día no teníamos parque y acabábamos a los patos a golpes de remos: fue un vértigo, como una orgía, te aseguro que no sé qué nos pasó. Todos participamos. Esta luz tan brillante puede borrarlo todo. Las voces se aquietarán, te lo aseguro. Se desvanecerá la violencia. Las flores amarillas se llaman inmortales. Las recogen en Oaxaca, todos los años por esta temporada, y las juntan en pequeños ramos redondos, perfectos, sobre carrizos delgados y largos. Te durarán siempre. Podrás llenar tu casa con flores amarillas que desterrarán a la muerte. Aquel paisaje pudo haber sido el paisaje: el agua acabará por devorarlo y volverá para siempre a su origen y también la selva será cubierta por el agua. Allí la tierra rinde todos los años su tributo al agua y es el agua la que prevalece. Macondo sin mito, donde todavía el pecado original y el pecado de Caín esperan intactos antes de volverse leyenda. Te conozco. Tienes naturaleza felina y por eso dicen que, en lugar de envejecer, te estás poniendo cada vez más hermosa. No lees suficientes historias de vampiros y crees, sin embargo, que Drácula fue un noble rumano culpable de veinte mil muertes. Ella ha predicho que este año tendrás mucha fortuna. También he dejado que me lean las cartas. ¿Cómo has permitido que una bruja te convierta en su propio personaje? Hubo un tiempo en que... Érase una vez... Acepta que tu único destino es el de contar historias. Hubiera sido. Habría debido ser. Eso es precisamente lo que se llama estilo, señor. La literatura no es más que eso: una manera virtuosa de encontrarles acomodo a las palabras. No tienen que contar nada. Las palabras se bastan a sí mismas. Creo que en español no se había tocado el tema con esa finura, con esos matices. Un tema que a mí me fascina: el mal. Marcel, al morir Albertine, trata de encontrar en la memoria las pruebas de su maldad, como para experimentar menos el dolor de la pérdida. No lo recuerdo. Confieso que no lo había evocado, que no lo tuve en cuenta. Es uno de los relatos más bellos que he leído en español. Me recuerda por momentos a Baudelaire. ¿La agonía romántica? *La carne, la morte e il dia-*

volo nella letteratura romantica... *quelque chose d'ardent et de triste*... Habrá que volver siempre a Baudelaire. ¿Y la escenografía? ¿Y esta luz de la que no puedes arrancarte? ¿Y este lugar del que ya no podrás desprenderte nunca? Volvamos al punto de partida. Hay que volver siempre al punto de partida. El muelle hace veintidós años. ¿Veintidós? ¿Estás segura de que han sido veintidós? No nos está permitido renunciar a la fidelidad con nosotros mismos. *Cuide este jardín que es suyo: no deje que sus hijos lo destruyan. Favor de no maltratar. Favor de. Favor.* Hay una medida y todo lo demás no importa. El muelle es largo y sólo quedamos allí, aquí, dos figuras, casi esfumadas en la oscuridad de la noche que sin transiciones ha invadido la playa. Dos figuras que nadie podría distinguir desde la arena y mucho menos desde los edificios que están más allá, donde hacen música y se baila los domingos por la tarde. Los pequeños yates y las lanchas de motor y las lanchas de remos están amarrados al otro muelle, que marca los límites, el recinto vedado de este club de playa. ¿Qué hacen en el muelle esas dos figuras casi esfumadas, esos dos presuntos personajes con uno de los cuales pareces identificarte? Ha sido una tarde larga. El promontorio se ha quedado solitario en medio de la noche. Cometes un error. El promontorio no forma parte todavía del paisaje. El peñasco escarpado no se ha instalado aún en tu memoria. No es tampoco una visión del presente: es sólo una anticipación pre-

43

sentida, temida y apasionadamente deseada. Tiemblas levemente porque empieza a entrar un norte. Quien está a tu lado se acerca, porque ha observado ese temblor, y toca con su mano tu brazo desnudo. Luego hace girar el brazo y lo besa, con una timidez apresurada, como excusándose. Mientes. La escena es otra. La escena no existiría si yo no la hubiera inventado en este instante, cuando atraviesa el mar un barco grotescamente iluminado con luces de colores y se escucha una voz estridente y ridícula que viola el secreto del océano negro, de la noche que invade esa parte de tu memoria, que se parece tanto al olvido, donde pretendes conservar los recuerdos. Por ahora es suficiente. Todo es únicamente un sueño. La materia de ese libro no puede estar compuesta por recuerdos. Hacer tabla rasa. Construirlo literalmente con nada. Materializar en palabras esa ausencia definitiva. Condensar todas las ausencias en un discurso que las vuelva palpables. El privilegio te será negado. No podrás borrar la imprecisión que rodea a esa imagen que te persigue y te escamotea. Evadir la trampa de la memoria. Dejarte devorar por el silencio. El olvido es una vasta oquedad nocturna removida lentamente por obstinados ruidos marinos: tú eres el olvido, tú eres la promesa de un misterio que culminará en una imagen, en una palabra, sólo si te dejas trabajar tenazmente por el silencio. Una ancha estela de luz es ahora el reflejo que despide el sol sobre la superficie perfecta, inviolada, del mar. Para escribir esa novela,

44

Woolf

ese relato cuya formulación improbable te hostiga
y te llena de desasosiego en este mismo instante en
que miras fijamente la estela lisa y cegadora que
es la huella del sol sobre el mar, tendrían que sucederse muchas palabras capaces de ser, precisamente,
el revés exacto de esa imprecisión, capaces de sus-
tituirla. Y entonces te volverías el revés de eso que
llamas tu memoria. No se trata de un acto de voluntad, sino de sumisión. Déjate horadar por esa
ausencia absoluta, que pretende convertirte en disponibilidad dócil, en caverna vacía habitada sólo
por los reflejos de imágenes que son la apariencia
engañosa de otras imágenes. Tienes poco tiempo.
Si dejaras de mirar con esa fascinación delirante
una luz que no es más que una luz y que confunde
los límites y los contornos sabrías que hay ciertos
puntos de referencia que todavía están ahí. Contar
una pequeña y verdadera historia cotidiana donde
pasara el tiempo que los hombres gastan juiciosamente todos los días. No tentar a Dios. Ir a desayu-
nar. Llenar todas las páginas blancas de un cuaderno inofensivo con numerosos datos concretos y
comprobables, cuya autenticidad nadie se atrevería
a poner en duda. Son veinte para las diez. Apúrate.
Son las cuatro de la tarde y si sigues absorta en esa
claridad inexistente pero centelleante del mar, ellos
se irán y te quedarás reducida a la intimidad dudosa
de tu alma. Es la medianoche y/o es el mediodía.
Todo se reduce a estar ahí. En cada instante hay
un solo acto posible. Es inútil la memoria. Sería un

libro difícil de escribir. Sería un libro inútil. Si permaneces aquí habrás elegido el silencio. No será la primera vez. Rimbaud no escogió el silencio: se dejó elegir por el silencio. Si las palabras se agolparan para salir, si salieran, resonarían entre los acantilados como testimonios ruidosos, pero huecos, de todo lo que habrás olvidado, habrías debido olvidar, habrás temido y querido desesperadamente olvidar. Hay huéspedes que a esta hora prefieren nadar en la piscina pintada de azul, convertida en transparencia solar, y evocar a la vez, con voluptuosidad, lo que suelen hacer los demás días de su vida, a la misma hora, en el mundo de los hábitos y las costumbres, en la cotidianeidad de la que también ellos han venido a evadirse. Pero yo no he venido a evadirme. He venido a soñar que sueño. En las Galerías de los Uffizzi hay un solo cuadro: es el retrato de un niño vestido de rojo, que sonríe apenas, mientras sostiene en la mano derecha un pájaro que acaba de apresar, tibio, y cuyo corazón late aceleradamente porque tiene miedo. Te engañas. Los pájaros que los niños sostienen en los cuadros no están tibios ni sus corazones laten con prisa. Hay también un daguerrotipo, pero eso es en otra parte, sobre el escritorio de maple amielado donde el sol mece las ramas de un eucalipto y frente al cual alguien, en este mismo instante, escribe con tinta verde sobre un ancho cuaderno rayado. Es la imagen de un niño antiguo que todavía no recuerda que va a ser, que ha sido, abuelo y juega distraídamente con un pajarito encerrado en una jaula, al que excita con un bastoncillo de bambú. El niño de Bronzino tiene nombre: se llama Don García de Medici. El niño del daguerrotipo podría llamarse Aurelio, o Julio o Carlos y, al ser fotografiado, se encuentra en el estudio de S. A. Cohner, en el número 62 de la calle O'Reilly en La Habana, la más próspera de las ciudades y el más bello de los puertos situados en las Antillas, en un día impreciso del año de 1893. Ahora permanece encerrado en un papel sepia, rodeado por terciopelo verde y marco que imita con notable perfección los propios de la época. ¿Que quién habla en segunda persona? ¿Es un recurso artificioso y por lo mismo inútil o una necesidad consubstancial con ese personaje del que muy bien podría decirse que tiene una naturaleza escindida, desdoblada, casi esquizofrénica? Ese desdoblamiento me persigue. Me obsesionan unas palabras dichas ya por Borges, un día en que le angustió de una manera demasiado punzante la duplicidad de sí mismo que todo escritor arrastra, como cada hombre lleva consigo el propio cadáver: *Al otro... es a quien le ocurren las cosas... yo vivo, yo me dejo vivir, para que Borges pueda tramar su literatura...* Lo repito: sólo aspiro a ser la misma que estuvo, está, habrá estado sentada en un muelle, en una playa gris del Atlántico, hace veintidós años. Yo, la que está, estoy, sentada en el muelle no he querido nunca escribir libros. Ha sido ella la que me ha obligado. Ella, la que habla en segunda persona, aunque a veces soy yo, yo misma, la que asumo esa segunda persona del singular, esa ambigüedad de mi personaje sin la cual la novela que yo podría escribir, que acaso estoy escribiendo, no habría podido, ni habría tenido, ni tendría que escribirse nunca. Empiezas a hablar en voz alta: "No estoy aquí. Estoy en otra playa, hace veintidós años. Hay un muelle largo y ya a estas horas las olas son grises, del color del plomo fundido. Se agitan porque se acerca la noche." Es indispensable que la cadencia lenta, la pastosa y prolongada arritmia de mi voz pronuncie esas palabras y las deje dispersarse en este espacio infinitamente irreal que se ha posesionado de mí y me ha embrujado hasta hacerme olvidar el horario del hotel, que exige a los huéspedes abandonarlo justamente a las tres de la tarde. Sospecho que esas palabras condensan, para el personaje que empiezo a inventar, una fascinación de la soledad que le impide recordar las exigencias de la vida que debe continuar de acuerdo con un ritmo común a quienes la esperan con impaciencia en el cuarto, a quienes se bañan en la piscina, a los que suben y bajan en el funicular y a los empleados del hotel, que cumplen sus funciones siguiendo un horario juiciosamente establecido por la administración. "Las albercas estarán en servicio de 9 a.m. a 8 p.m. El funicular no funcionará fuera de estas horas." Volviendo a Kafka, dicen que le dijo a un joven de diecinueve años que iba a veces a conversar con él: *...no es un azar que la Biblia seā lla-*

mada la Escritura. ¿Piensas como yo, que le estaba señalando el carácter sagrado de todo lo que se escribe? El tiempo sigue siendo medido, aun ahora, por numerosos relojes y tu pretensión de romper la continuidad es sólo una ficción más. El anciano, que en el libro se llamará Marcuse por su parecido excepcional con el verdadero Marcuse, que a su vez no es para ti el profesor que enseña en La Jolla, California, sino una criatura engendrada por la imaginación de Thomas Mann; el anciano que se hospeda en el cuarto número 16, saldrá a la terraza precisamente dentro de una hora, ni un minuto antes ni uno después. Saldrá a la terraza en camisa blanca de manga corta y pantalón azul claro. Abrirá el refrigerador para extraer un cubo de hielo y ginebra y prepararse, como cada tarde a las cinco, un *dry martini.* Luego se sentará frente a la mesa, de espaldas al mar, y empezará a distribuir las cartas para jugar un solitario mientras aparece su mujer, con exactitud, media hora después. El anciano al que llamarás Marcuse repite la secuencia, con gestos idénticos, todas las tardes. Es, evidentemente, un inglés de las colonias, al que me gustaría identificar más bien como 'el señor de las islas': vive en las Bahamas y pasa un mes, todos los años, en Acapulco. Incongruente. ¿No te parece? ¿Para qué viajaría a Acapulco un anciano inglés retirado, residente en Nassau? ¿Afición indiscriminada por todos los trópicos y desinterés absoluto ante la expectativa de ver Londres por última vez? De cualquier manera, tampoco su historia será *la* historia del libro. ¿Proust y la memoria involuntaria? Inútil. Inútil. Aquí no hay mariposas. Cada dos meses fumigan el hotel para evitar que pululen los insectos. Se mueren también las mariposas. Colette vivía rodeada de mariposas muertas, prendidas por agujas, mientras coleccionaba gatos vivos. Un instante y se habrá desvanecido la última oportunidad. Te niegas a irte para suprimir la amenaza de algo que tendrá que ocurrir, aunque pretendas cancelarlo así anticipándolo, diría yo, de una manera simbólica. Unos minutos más y dejaré de ver esa luz que me aturde, para *ser* esa luz, para volverme incandescente. ¿Escoger el momento, adueñarte de la decisión, desterrar la sorpresa? *Midi le juste.* En la mirada de ese personaje que eres tú coinciden, en un décimo de segundo que es a la vez una eternidad, el mirador desde el que mira y el mar que está mirando. La mirada de alguien que, desde un mirador, mira el mar. *De mi marina mirada ceñido.* Me aterra oír, como ahora, que el corazón me late. Son las cuatro de la tarde. Acuérdate de la hora. Es un punto de referencia. Es una garantía. El proyecto de *La invitada:* una mujer llega a un hotel, invitada por una pareja de amigos, a pasar un fin de semana; percibe, sin poder determinar qué, algo extraño que está ocurriendo sin que nadie hable de ello, algo vergonzoso que empleados y huéspedes se esfuerzan por disimular, haciendo como si no pasara nada; se propone descubrirlo; cuando llega el momento de irse, tiene la impresión de estar a punto de desenmarañar la trama subterránea. El relato termina cuando el bell boy, después de acomodar la última maleta en la cajuela del automóvil, se voltea, sonriente pero no obsequioso, para recibir la propina: "Cuando supimos la noticia de su muerte, dice, lo sentimos mucho. Celebro que le haya ido bien desde entonces." Todas las novelas se fabrican poniendo, entre dos o tres núcleos o situaciones claves o significativas, una inmensa cantidad de relleno. Suprimir el relleno. ¿Y mantener sin desfallecimientos esa improbable intensidad que sería la única anécdota, por así decir, el único tema de tu novela: esa concentración en el éxtasis, ese abandono en la inmovilidad, esa disposición engañosa, ambigua, enfermiza, a dejarse devorar por un paisaje reducido a la condición esencial de espacio puro, ergo, de tiempo puro? El hotel es el espacio imaginario perfecto, destilado idealmente para la ficción, donde el tiempo se interioriza, reina una libertad absoluta y es factible romper y rehacer todos los lazos. *If I could see the light.* Estuviste soñando otra vez. Tu personaje, ese del que me hablas, ese que te obsesiona ¿es una muchacha joven, casi una niña, o una mujer que empieza a ser de mediana edad o acaso se trata de una mujer madura, temerosa de envejecer? Es todo eso al mismo tiempo y no existe en ninguna parte. Será sólo en tanto que se vaya llenando lentamente de palabras el espacio horizontal de un ancho cuaderno rayado, de palabras escritas con tinta, primero roja y luego verde. Yo, que estoy en el mirador, la imagino creciendo poco a poco en el cuaderno y haciendo indecibles esfuerzos por estar, a la vez, en el cuaderno y en el mirador, intentando parecerse cada vez más a eso que llamas mi personaje. Cuenta Malraux que alguien le preguntó un día a Mallarmé qué se sentiría ser el gato de Mallarmé. Y Mallarmé le contestó: *No sé, pero supongo que él hace como si fuera el gato de Mallarmé*. La mujer que está en el cuaderno mientras yo pretendo que está en el mirador, hace como si estuviera en el mirador, hace como si fuera mi personaje. Y yo hago como si fuera el personaje que se imagina capaz de escribir una novela con un solo personaje: una mujer que, desde un mirador, mira el mar. Ella es únicamente una parte de ti a la que te empeñas en llamar *tu* personaje. Una parte de ti que rompería todos los lazos, para imaginarse ensimismada en la contemplación del mar. Es necesario dejarla sola. Sólo así podrá asumir plenamente su naturaleza de personaje de ficción. Dejarla sola para que sueñe su ensimismamiento. Ha llegado el momento de irse. Son las cuatro de la tarde. En mi novela, que estoy escribiendo hace dos meses en este cuarto llamado *El laberinto*, y en la que pretendo ser un narrador objetivo y sin concesiones, necesito un personaje femenino frágil, que pudiera ser la víctima de una trama sórdida y optar, en un caso extremo, por el suicidio. Esa mujer, cuya edad no distingo, que llegó hace siete días y mira en este momento hacia el

52

promontorio, o quizás hacia el mar, desde la terraza de un cuarto cuyo nombre no conozco pero que podría llamarse, por su situación privilegiada, *El mirador,* me serviría como punto de referencia. Es una persona metódica, que sigue los horarios de una manera casi maniática. No puede desembarazarse del tiempo, ni siquiera cuando está de vacaciones. No se permite ninguna libertad. Baja a la alberca a la diez. No se asolea. Lee. Nada un largo rato. Sube a comer justamente a las dos de la tarde. Duerme una siesta inquieta, porque ni un solo día se ha perdido el breve crepúsculo y la puesta de sol. No abandona la terraza mientras permanece iluminado el promontorio. Hoy ha alterado sus hábitos. A pesar del calor molesto, ha salido a las cuatro de la tarde. Sobre el pequeño muro que protege la terraza ha puesto una cámara fotográfica. Si pretende captar el mar con esta luz sólo obtendrá una mancha blanca indistinta porque la estela de luz sobre el mar es ahora demasiado brillante para ser reproducida fielmente por un aparato de aficionado. Le falta imaginación y pretende llevarse el paisaje encerrado en treinta y seis fotografías. Luego sacará las vacaciones del álbum, para engañar la monotonía angustiosa de cada domingo por la tarde. Y sin embargo en mi novela sería capaz del vértigo, de la complicidad con el asesino, aun del suicidio. Alternativas que, por supuesto, responden únicamente a mi capricho de manejar, un poco al margen de mi anécdota, a un personaje femenino ligeramente ambiguo, inexplicable por sus gestos y su conducta, es decir, alguien cuya naturaleza secreta estuviera perfectamente disimulada por una apariencia convencional, morigerada, inobjetable. El asesinato sería casi involuntario, más bien un accidente provocado por el forcejeo de los amantes en uno de esos arrecifes que rodean a la poza, un paso en falso de la muchacha y la caída sobre una de las rocas de afuera, resbalosa y expuesta a la violencia inesperada del oleaje. Su complicidad se reduciría a presenciar por casualidad lo ocurrido y a guardar silencio. Sigue bajando todos los días a la alberca a la misma hora, cumple implacablemente con la rutina que se ha fijado y no se siente cómplice. Pero sé que acabaré por prescindir de ella. Su intervención marginal no añadiría nada o, por el contrario, añadiría demasiado, acabaría por convertirse en el verdadero centro por el simple hecho de estar ahí y de darse cuenta de todo y eso desvirtuaría mi propósito de escribir una narración objetiva, sin implicaciones ni trascendencias. Ella interrumpe por un instante su contemplación yo diría que maniática del promontorio y mira hacia aquí, como por atracción telepática, como si supiera de mi presencia en este lugar o la hubiera sospechado de repente y se sintiera afectada, casi violada por mi curiosidad ociosa y, más aún, por mi propósito de inmiscuirla en una trama donde sería el único testigo de un asesinato involuntario, pero secretamente anticipado y deseado. En esa novela, la que tú tendrías que

54

escribir y que no sería sino el intento desesperado
de cercar con innumerables palabras una aproxima-
ción al conocimiento de un absoluto intuido y luego
desvanecido; en esa novela que sólo podría ser escrita por una mujer porque únicamente las mujeres
se aferran tan obstinadamente a cualquier ficción
de absoluto, no podrás evitar que la vida cotidiana
irrumpa sin cesar, negando la inmovilidad artificiosa de ese personaje ensimismado en la ilusión de
un canto de sirenas que no se deja oír por ninguna
parte. ¿Qué harás con todos los mil pequeños detalles, con todos los innumerables e innombrables personajes que te acosarán como una ronda felliniana?
Ahí están. Van apareciendo uno por uno: el negro,
con aire desafiante, atraviesa el restaurant con una
pistola demasiado visible en la cintura; una gorda
descomunal, acompañada por dos jovencitos vesti-
dos de mamelucos, aparece en el lobby a la hora del
coctel y luego se pierde en las escaleras que condu-
cen a los cuartos más altos; dos mujeres casi viejas,
en shorts, botas y medias caladas, grandes chongos,
redecillas y maquillaje empastelado se sientan en el
bar, junto a la piscina, e intercambian confidencias
con el mesero; frente a la administración, la pequeña princesa centroeuropea, frágil y tensa, se pasea
inquieta en espera de algo, quizás una llamada te-
lefónica de larga distancia, al mismo tiempo que
abajo, en la playa, un guía de turistas disfrazado
de conductor de safari, con sarakof y fuete, pantalón
corto y largos calcetines, va y viene a grandes zan-

cadas, procurando estar en papel y no perder su aire a la vez sórdido y seductor. Habrá siempre una muchacha norteamericana, gorda y sola, comiéndose en la cafetería el mismo steak de hamburguesa con cebolla y leyendo *The valley of the dolls* y en alguno de los recodos escalonados del jardín asomarán invariablemente un albino, un pelirrojo y un George Raft envaselinado a los que llamarás genéricamente "el circo francés" porque desprenden una vaga reminiscencia de un cuadro cuyo autor no recordarás, aunque podrías asegurar que lo has visto en un museo de París: uniformados en largos bermudas de punto, a rayas horizontales, silban al unísono *La gazza ladra*. ¿A eso le llamas irrupción de la vida cotidiana, a ese desfile grotesco de máscaras

y comparsas? Si yo pudiera dibujarte la novela como un puro esquema formal, les correspondería el laberinto y sería un laberinto de feria, tapizado de espejos deformadores, de esos que alargan las figuras o las inflan desmesuradamente. ¿Y la escenografía? ¿Te refieres al promontorio, al mar o al hotel? El hotel es también el laberinto, frente al promontorio solitario en medio de la noche. No. Simplemente es un hotel ligeramente deteriorado, pero que conserva la dignidad y aun cierta seducción que le viene sin duda de su aire europeo de los treintas, de su curiosa mezcla de estilos, surgida de la necesidad de irlo adaptando a exigencias constantemente variables. Alguien debe ocuparse de remozarlo sin cesar, para evitar que el salitre se adueñe de los ba-

randales de las escaleras, que se estríe y se desprenda
la pintura azul que protege los barrotes, situados en
lugares estratégicos para proteger a su vez a los huéspedes distraídos de un eventual deslizamiento al vacío; para impedir que las paredes exteriores se car-
coman y se llenen de costras; para asegurar, en una
palabra, que se conserve la imagen decorosa de un
sitio que, sin ser lujoso, se ha preciado siempre de
una discreta elegancia y no se resigna al deterioro
y la corrosión que le impondría la cercanía del mar.
¿Pretenderás injertar una trama de Bergman en un
escenario de Visconti? Yo creo percibir más bien
en este lugar un tono, diría yo, isadoradunciano,
sobre todo por las noches, cuando se insinúa mejor
el verdadero rostro del hotel. No puedes evitar que
en este instante, que pretendes "purificar" de la
manera más artificiosa de todo lo que pudiera inter-
ferir con esa fascinación de la inmovilidad que te
obsesiona incida, por ejemplo, una pequeña fiesta
celebrada anoche en aquella terraza techada, fiesta para la cual fueron colocadas veladoras y flores
y uno de ellos preparó las bebidas mientras el otro
se esmeraba recibiendo a los invitados, parejas insó-
litas cuya presencia en el hotel no habías advertido
antes. Un continuo en el que todo pudiera incidir
como en el relato de la vida pero donde, a la vez,
cada incidente, cada personaje quedaran sujetos al
conjuro de esa contemplación sin ninguna consecuencia. Yo no soy nada en el relato, sino una mirada que ve el promontorio a las cuatro de la tarde,

57

cuando la luz oscurece todo lo que no sea ella misma; cuando el universo se concentra en un resplandor desmesurado que suprime a víctimas, verdugos y cómplices, a todo tipo de actores, figurantes y ejecutores y sólo prevalece un espectador y el objeto solitario de su contemplación. *Mar: No tiene fondo. Imagen del infinito. Inspira grandes pensamientos.* FLAUBERT *(Catálogo de las opiniones elegantes). Personne autant que moi.* La poesía no hay que entenderla. Basta con sentir la conmoción, el cambio, la modificación. *Il te ressemble tant.* Lo que pretendo es que el tiempo y el espacio coincidan, se vuelvan indivisibles. Mi escenografía: el hotel, el promontorio, el mar–sólo son vigentes por esta mirada que dura apenas un instante y a la que me estoy aferrando desesperadamente. *Rien qu'une femme. Tú* eres la mujer que mira la escenografía. *Yo* no soy yo. *Yo* no existe. No hay más que una ficción de personaje a la que ni siquiera he pensado en ponerle un nombre. La mujer que contempla la escenografía presiente que algo podría ocurrir o podría haber ocurrido en ese lugar dispuesto desde algún principio mítico para el despliegue de una representación genial. Las cosas, todas las cosas, coincidirían allí en ese momento para perder cualquier desmesura y apaciguarse en su dimensión definitiva. Ella no hace sino recordar, o quizá presentir, una visión que ha sido, o será, excepcional y que debió o deberá interrumpirse. Porque no hubo o no habrá tiempo. Se me había empezado a olvidar que tiene que irse. ¿Valdrá la pena recurrir a ese artificio de escritura, por lo demás ya gastado, para prolongar al cansancio una permanencia en la terraza que soló duraría en la realidad uno, dos o tres minutos? Habría dos momentos. En el primero, pensaría que volver significa la separación de ese sitio privilegiado, de ese paraíso donde se hubiera detenido el tiempo. Volver, en este primer momento, significa la muerte. No quiere volver porque tiene miedo de morir. En el segundo momento, descubriría que esa parálisis de la voluntad de volver equivale a dejarse seducir por la contemplación extática de la muerte. Lo bueno de escribir cuentos es que uno puede olvidarse de los símbolos. Mientras que te pones a escribir una novela y no tardan en proliferar de una manera enfermiza y a la vez irresistible. Habrá que describir el mar. ¿El mar de Ulises? ¿El mar de Ajab? ¿Acaso el mar de los Sargazos? Pienso en el Caribe, en el mar que rodea a Capri, en el mar de la costa Norte de Cuba.

Hay dos ciudades. Una de ellas, la buscada en todas partes para repetirla, aun sabiendo que detrás de su apariencia luminosa se agazapa la muerte. La otra, la añorada, la soñada, porque, aunque también la alberga en su naturaleza más secreta, la niega sin cesar con su obstinada supervivencia. Establecimiento hidroterápico Belot. El mejor y más grande para duchas, aguas sulfurosas, etc. Abierto diariamente de 6 a.m. a 10 p.m. para Damas y Caballeros. *Ward's Line, between New York, Havana and Mexican Ports. The Magnificent Steamers of this Line, well known for their regularity, good table and attendance, leave New York every Saturday at 1 p.m. for Havana and Mexican Ports, from Pier 16 E. River, and every Wednesday at 3 p.m. for Havana. The West India Fast Mail Route.*

S. S. Mascotte. S. S. Olivette. Safety, Speed and Comfort. These elegant steamships. All information will be cheerfully given by. Table unsurpassed, with wine. New York, Island of Cuba, Mexico and connecting at Havana with all the other branches of the Line for all parts of the world. A todas partes del mundo. *Over a delightful smooth water route.*

Atravesar el Golfo de México sin peligro de mal tiempo. No habrá ciclones. Una ruta marítima deliciosamente tersa. *Delightful:* delicioso, ameno, agradable, deleitable, grato, divertido, encantador, embelesador, exquisito; *smooth:* liso, pulido, bruñido, alisado; suave, mansa, hablando de la corriente (y del mar); del agua en general. *Smooth water:* agua mansa. En la tarde de hoy y conducidos por el vapor Mascotte llegarán a esta ciudad los restos. El cable, frío y lacónico. Un fulminante ataque de pulmonía. También tú tienes los pulmones débiles. No se te olvide. No se te vaya a olvidar. Y estando en espera del vapor. *While waiting for the steamship.* Una pulmonía traidora. Eres una escritora demasiado severa. Habría que hacer algunas concesiones. Me ha conmovido tanto. Me identifico con el personaje. Yo soy Celina. No encuentro las palabras. Yo no tenía palabras para decirle. Yo hubiera querido. No es un mal de pacotilla. *Avoir un mal aux poumons.* Tendrías que descubrir algo del alma de la mujer, de la sensibilidad femenina. Ya con eso bastaría. Una escritora no es un escritor. ¿De veras te recuerda, por momentos, a Baudelaire? Un trópico de espejismo, una ciudad de fantasmas, un pequeño mundo alucinado. El libro es difuso, difuminador, crepuscular, y sólo eso nos descubre su procedencia femenina. Sonámbula, desvelo, éxtasis, efímero, fugacidad, misterio, alucinación: palabras claves, palabras que traicionan esa vaguedad, esa imprecisión que caracteriza a las mujeres cuando escriben. En

61

recuerdo de muchas cosas. Con la nostalgia de todo lo que es irrecuperable. Pensar en una dedicatoria adecuada para Alejo Carpentier. Sepultados en el fondo del mar. Insepultos en el fondo del mar. *New York Line to Havana direct*. Le sorprendió la enfermedad. La metrópoli americana. En la ciudad de Nueva York. Contra la contaminación contamos contigo. Una isla es siempre una ventana abierta al mundo. Las auténticas metáforas se encuentran sólo en los lugares comunes. Debió decirlo Borges. Tu manía de Borges. Lo dijo Borges. *I offer you the memory of a yellow rose*. Una mujer ha puesto en una copa una rosa amarilla. Llenarás tu casa de flores amarillas, de esas que llaman inmortales, y así alejarás a la muerte. Y sin embargo a Borges no le gusta Virginia Woolf. *A rose is a rose is a rose*. Las sirenas: *Dry Goods Establishment*. ¿Tienda de artículos secos, para establecer un contraste con todos aquellos artículos procedentes del mar? No, nada poético. Decir *dry goods* es como decir tejidos, telas, lienzos, ropa, lencería. Recuerda que tampoco *pineapple cloth* quiere decir tela de piña. *English spoken. Man Spricht Deutsch. On parle français. Si parla italiano. All languages spoken*. La Habana, en este año que conmemora el quinto centenario del descubrimiento de América, recuerda la proeza de la imperecedera raza latina por su *unselfish spread of civilization. To those who are unacquainted with the beautiful Spanish language*. Los turistas que deseen escapar a los rigores de un invierno en el Norte, los buscadores de experiencias placenteras que ansíen gozar de un clima suave y delicioso, colmarán todos sus deseos en la Isla de Cuba. Llave del Golfo. Reina de las Antillas. Centinela del Mississippi. Bosques inmensos de maderas preciosas. Desde los llanos de Venezuela hasta las nieves del Chimborazo y las cordilleras del antiguo país de Anáhuac. Ricos tesoros y no soñadas maravillas. La Isla de Cuba es seis veces más grande que Jamaica, orgullo de los ingleses. Tu escasa experiencia. La más Occidental de las Indias Occidentales. Hay 97 millas de agua, al Sudoeste de la Isla, entre Cabo San Antonio y Cabo Catoche, el extremo más saliente de la península de Yucatán. Tendrías que encontrar tu propio Macondo. Juana. Fernandina. Santiago. Ave María. Fortuna de Venecia. Muerte de Venecia. 28 de octubre de 1492. La forma de la isla es extremadamente irregular. La estación de las lluvias dura, un año y otro, de mayo a noviembre... *la fisonomía del tapiz vegetal de los estados meridionales de México, de las Repúblicas de Guatemala, Honduras, El Salvador, Costa Rica y Nicaragua; del Archipiélago Antillano y de la Honduras Británica... y deduce los rasgos de similitud existentes entre las flores de la América Central, Chiapas y Tabasco, así como las de Yucatán y las Indias Occidentales... The most westerly of the West India Islands.* Seguridad, velocidad y confort. S. S. Mascotte. Uno se puede morir de pulmonía en Nueva York o se puede morir de cáncer en La Habana. También, es verdad,

63

es posible morirse de polio en Copenhague. Dicen ahora que el cáncer es un virus transmisible por herencia pero dicen, también, que es el resultado de una enfermedad del espíritu, como si dijéramos, de un deterioro mórbido de la voluntad de vivir siendo que, al mismo tiempo, el que se dispone a dejarse invadir por el cáncer no tiene valor suficiente para suicidarse de una vez y lo hace lenta, minuciosamente, dándole poco a poco albergue a la muerte, día a día. Entonces ¿hay alguna posibilidad de que el cáncer tenga un origen psicológico? Los pichones están verdaderamente deliciosos. Y ese gobelino en tonos grises y rosas que está ahí para acentuar la perfección calculada de este lugar nos seduce calladamente, con el atractivo gótico de la palabra Languedoc. ¿Por qué, señora, hablar de cosas tan sombrías en una hermosa noche como ésta? *I offer you the memory of a yellow rose*. Una noche cuajada de rosas amarillas. ¿Sabías que las rosas amarillas simbolizan desprecio? ¿No tiene usted algún Pelegrín Clavé? Yo amo aquel retrato del crítico, no recuerdo su nombre pero seguramente usted lo sabe, un hombre todavía joven y de muy finas facciones, sentado frente a un escritorio muy tallado, de hechura romántica. Tengo varios, todos heredados. Aquél por ejemplo, es el retrato de mi bisabuela. Una gran ventaja tener estas cosas en la familia. Cambian el aire de una casa ¿no le parece? *Seen at sunset*. Yo podría escribir eso en el álbum, pero sería excesivo, desproporcionado, puesto que no los conocía antes de esta noche. Una vitrina llena de memorabilia. No puedes darles tanta importancia a los objetos. En realidad no dicen nada de la persona. Rodearse de objetos hermosos, buscados amorosamente ¿no dice nada? Alguien que ama tanto los objetos bellos emana también algo de belleza. *One day before you were born.* Sería ambiguo, porque soy más joven que ellos. Yo era toda muerte y él era todo vida. En la novela entrarán muchas voces, todas las voces, y tú también entrarás. Me muero de sueño. Sólo así se justifica. Fui al sanatorio porque nunca había encontrado un lugar en el mundo, ni siquiera en mi familia, no sé si me entiendes. Te entiendo. Prosigue. Aquel sitio, donde uno podía prepararse confortablemente para morirse, era la única cosa a la que yo podía aspirar. El doctor me dijo que tenía una caverna y que era imposible operar mientras no se cerrara. Yo me hubiera dejado morir, pero entonces apareció él. Morir de tuberculosis en Davoz. ¿Quién hubiera imaginado que tú también tenías los pulmones débiles? Una caverna. Una oquedad profunda: cavidad patológica o excavación ulcerosa formada después de evacuado el pus de un absceso o del reblandecimiento de una masa tuberculosa en los pulmones. Él, en cambio, siempre ha estado hecho para el éxito. Esperar la muerte en medio del lujo ¿a qué más se puede aspirar? Y de repente decidí que no iba a volver al hospital. No iba a volver a escuchar todos los días las mismas preguntas, no iba a volver a ser cómplice. ¿A cuántos grados le subió el termómetro ayer por la tarde? Alquilé un chalet y me sentaba todo el día en la terraza, a ver el sol helado sobre la nieve. ¿Cómo trabaja usted cuando está escribiendo una novela? ¿Qué lee mientras escribe? ¿No teme contagiarse con otros estilos, con otros mundos? Yo sólo puedo leer libros de anatomía, de biología, de ciencias exactas. Es un contrapeso. Un límite que me pongo. Yo leo sociología, política, economía. Necesito un punto de referencia. Tener siempre a mano un espejo donde se refleje la realidad. La realidad es tan escurridiza si no se le encuentran los marcos adecuados... Usted debería aprovechar, teniendo a su disposición, casi en sus manos, o por lo menos tan cerca, un material tan rico. ¿Por qué no escribir la gran novela política? ¿Quiere usted decir una novela hecha con esos personajes que nunca se detienen a contemplar la escenografía? Quiero decir una novela sobre las grandes pasiones que mueven a los hombres. Algo como *Le rouge et le noir,* usted sabe lo que quiero decir. Me persigue una imagen, la de unos leoncitos que retozan en la playa, sobre la arena muy blanca, mientras las olas rompen apaciblemente sobre la orilla. El sueño del viejo frente al mar. La última imagen que recordó Hemingway en el momento de disparar el rifle. Ahí tienes el suicidio de Hemingway. Si el cáncer fuera una manera de hacerlo lentamente, sin escándalo, *not with a bang but a whimper* ¿por qué esa muerte ruidosa, escandalosa, cuando ya había empezado a morderlo certeramente por dentro, como un felino insaciable, la muerte discreta, secretamente preparada? ¿Es cierto que los enfermos de cáncer despiden un olor peculiar? No, no, es más bien un tono de la piel, una coloración que es de las primeras señales y que uno puede aprender a discernir. Es como si llevaran sobre el rostro vivo otro en negativo, el del cadáver que ya arrastran. Hemingway frente al mar. También él. Desde la torre de San Francisco de Paula se podía ver el mar. *No era el mar lo que querías olvidar. Sal al pórtico y míralo... estar en ningún otro lugar... el mar se limita a estar...* Los leones jugaban como gatitos en el crepúsculo. Como gatitos a la luz del crepúsculo. El mar podía verse desde cualquier parte. Desde las ventanas del comedor. Desde la puerta de la estancia donde, cuando era mucho el viento, caían y se amontonaban las hojas de la ceiba. Desde allí Boy, el gato, lo veía irse al mar. Esa mujer que allá abajo, en la alberca, lee *Islands in the stream* ¿entenderá? Creo que deberías suprimir las inútiles referencias topográficas. Topografía: descripción o representación gráfica de un lugar geográfico determinado, o de un país, con sus divisiones, ciudades y accidentes. Éste es un mirador y todo el que lo desee puede ver. El funicular sube y baja, aproximadamente cada tres minutos. El sol es vida. México es sol. Venga a México. Lo esperamos en México. La niña adolescente que jugó esa noche un juego ritual ahora está de pie en la roca más saliente, bajo el promontorio, en su lado izquierdo. Viste una larga túnica verde y lleva el cabello suelto hasta la mitad de la espalda. Oprime el resorte de una cámara fotográfica que enfoca sobre la poza, dirigida hacia un sitio donde en este momento no hay nadie. La niña de la túnica verde desaparece y su lugar es ocupado por un vacío semejante al que ella pretendía fotografiar. Podría decirse: la música de la alberca se escucha vagamente. Y precisar aún más: se trata de una pieza indefinida que evoca, sin ser de entonces, los años treinta. Te aseguro que ese muchacho se pinta el pelo de rubio. No, no; lo tiene quemado por el sol. Desde la terraza de aquel cuarto sobre la barranca, la vista del promontorio debe ser muy precaria. Si te hubieran dado esa habitación no habría ninguna alternativa: ellos ya no estarían esperando ni estarías todavía parada aquí, sin poder separar la mirada de ese centelleo helado del mar. Todo depende, pues, de un azar. La escenografía se disimula a la avidez de tu mirada curiosa y escudriñadora. Sólo consigues percibir la cima del promontorio y tienes que imaginarte lo demás. El barco iluminado da una vuelta completa sobre sí mismo, se muestra espléndido de costado y luego vuelve a alejarse. Es, fugazmente, el mismo barco que otro personaje mira, en otra escenografía, también desde una terraza recordando, sin haber estado allí jamás, la Columbia Británica. Te llevaré a dar la vuelta al mundo en un velero pequeño y entonces seré el personaje que siempre he sido en mi fantasía, en esos escasos instantes en que he podido soñar mi vida. Viviré muchos años como han vivido todos los hombres de mi familia. En Cozumel hay un cementerio marino, sólo que allí no están mis antepasados ni tus antepasados. Es un cementerio de bajeles piratas, de cofres que nunca serán abiertos, de doblones españoles sepultados entre madréporas y corales. Un cementerio imaginario. *Call me Ishmael.* Las novelas no se hacen con la felicidad, sino con todo el horror del mundo. Esa perra está recién parida y ya tiraron a los cachorros por la coladera del drenaje. Las tetas le cuelgan llenas de leche que no vendrán a mamarle y ella sólo aúlla de noche cuando siente el dolor de las mamas cargadas y sabe oscuramente que algo le ha sido arrebatado. Vuelve a dormirte. No hace falta recordar. ¿Un largo monólogo ininterrumpido? Un artificio más. ¿Un monólogo que recogería todo lo que hubiera podido convertirse eventualmente, de material para una novela en material de una novela? Estarían las voces que pugnan por hablar a través del escritor puesto que él, o ella, no será nunca más que un portavoz, un vehículo. Estarían los temas que pugnan por ser sus temas; los personajes que se obstinan por imponérsele; los gestos vistos, los presentidos, los soñados e imaginados, los deseados y los entrevistos; las voces escuchadas, con sentido, sin sentido, al azar; los paisajes superpuestos; los núcleos obsesivos; la aridez de la imaginación y la necesidad de la palabra, a pesar de todo; los personajes que ha sido y el que tendría que llegar a ser, el que está latente en el solo hecho de anticipar la posibilidad de la novela. Lo que ocurre realmente y *es* por lo tanto, sin ningún lugar a dudas, tiene cierto derecho, una especie de carta de naturaleza para penetrar sin alteraciones en la novela. Trasladarlo tal cual. A las cuatro de la tarde no hay ningún misterio. Todo está a la vista. Todo resplandece. Sólo que la luz es excesiva y existe el peligro de que los contornos se esfumen y la escenografía, en un temblor de la luz, desaparezca. Mañana se habrán multiplicado los cangrejos que habitan las piedras amarillas y resbalosas sobre las cuales descansa y se eleva el promontorio. Docenas de cangrejos diminutos empezarán a deslizarse sobre una inmensa superficie pegajosa, húmeda, color mostaza, que será el mundo para cada uno de ellos durante su breve ciclo vital. Del latín *cancer, cancri*. Dicen que los cangrejos de río son de costumbres crepusculares o nocturnas. Durante el día se esconden en los más oscuros intersticios de las piedras. Pero éstos son cangrejos marinos y no cesan de transitar por donde también ahora transitan los hombres. El funicular vuelve a bajar. Él construyó aquel mirador Art Nouveau para refugiarse en su interior como en el vientre de un barco suntuoso, anclado a la entrada del Atlántico, al resguardo de todos los peligros que acechan más allá de los puertos vigilados por el hombre. El mar no hace ruido a esta hora. Está demasiado quieto, sospechosamente apaciguado. El mar silba, murmura, grita, brama, ruge, como una fiera dócil que súbitamente hubiera recuperado la memoria de sus orígenes. Todas las cosas que tienen contacto con el mar, que están cerca del mar o que reciben en la brisa, en el viento, el toque del mar se enferman lentamente, exhiben sus intimidades corroídas por un mal incurable que les comunica la proximidad marina. Son, sin embargo, objetos del mar, amantes del mar, al que nunca podrán abandonar. Cuando el mar toca algo lo ha marcado para siempre... *sail about a little and see the watery part of the world...* Esa playa donde el personaje cree estar, hace veintidós años, es quizás una playa más bien sombría, bañada por un mar plomizo, expuesta a la bravura de las olas que vuelven a despertar al crepúsculo, al ocaso, y que no descansarán durante toda la noche. Es una playa del Atlántico. Si llegan a retirarse las olas verás la capa de líquenes. Son a la vez hongos y algas y se multiplican sobre las rocas desnudas, a las que van destruyendo lenta pero inexorablemente. Hay percebes muy pequeñitos, caracolillos, algas. Aun en la superficie la vida es intensísima. Esa espuma blanca es una mezcla de aire y de agua. El agua está aquí muy oxigenada y es por eso que prolifera tanto la vida. En Biarritz el mar es mucho más violento. Y, sin embargo, es más calmado el Mediterráneo Occidental que el Oriental. Si te llevas uno de esos caracoles grandes podrás oír siempre el ruido del mar. ¿Por qué dejas que las hormigas te caminen por el brazo? Para escribir ese libro tienes que irte, vivir

lejos del mar y añorarlo, con cada víscera, con cada
órgano, con cada uno de los poros de la piel que
ahora expones al aire del mar, dejando deliberadamente que se impregne de ese intenso sabor salado.
Si te metes a esa cueva vas a dar al Fuerte. ¿Viste
cómo invento mariposas? Esconderemos aquí las pie-
dritas y volveremos a encontrarlas en las próximas
vacaciones. La nao flota sobre un mar pacífico y
penden sobre ella algunas nubes pequeñas y rosadas.
Cirros, estratos y nimbos. Acapulco en el sueño.
Siempre que un barco atraviesa el Canal de la
Mancha el monstruo despierta. El agua es helada
en el Adriático. El agua que corroe lentamente a
Venecia. Cuando vayas a Amsterdam podrás comprar uno de esos barcos metidos en una botella que
siempre has querido tener. Hizo por treinta años
la travesía del Atlántico, de las Canarias a Cuba,
de Cuba a las Canarias y un día los médicos dijeron
que había enloquecido y lo recluyeron en tierra, en
un sanatorio de Barcelona, donde no tardó mucho
en morirse. Durante el tiempo que duró su encierro
no volvió a ver el mar. Empiezo a fatigarme en esta
posición incómoda. Como personaje de una de las
dos novelas tendría que permanecer aquí durante
un tiempo indefinido, pretendiendo que no ha pasado más de un minuto, incapaz de tomar la decisión de partir, acariciando una cámara fotográfica
sin decidirme a usarla, mirando una escenografía
muda con la que pretendo inútilmente identificar-
me. Mientras que él, al que creo haber inventado

72

cuando a su vez él pretende estarme inventando, dispondría que yo entrara de inmediato al cuarto y volviera a salir justamente al aproximarse la puesta de sol. Tampoco, según él, debo irme, pero sus razones para disponer así de mí son otras y nada tienen que ver con la visión de una escenografía que es la materialización de todos los espacios imaginarios y que me fascina hasta el extremo de impedirme cualquier movimiento. La novela que ella, yo, tú escribirías empieza por fin a desplazar a la otra, la que estaría escribiendo él, en tanto que la ambigüedad de mi existencia como personaje oscilante entre una y otra ficción está, lo percibo claramente, a punto de desaparecer, en la medida en que yo misma decida ser la mujer que contempla obsesivamente el promontorio. Anoche soñé que íbamos corriendo al fortín que está allá arriba, como lo hacíamos de niños. Pero ahora corría yo y corría y nunca alcanzaba a llegar. Veía los cañoncitos sin poder alcanzarlos, como si patinara siempre sobre el mismo lugar. Ese cerro es uno de tantos que hay en Acapulco, pero quizás el único desde donde se domina con semejante perspectiva todo el puerto. Seguro por eso construyeron allí el fortín los españoles. Había entonces, cuando yo subía corriendo a la Mira, unos treinta mil habitantes. ¿Te has fijado que todo el hotel es como si fuera un barco y que el promontorio viene a ser como una proa enfilada hacia el mar abierto? No creas que es el único. Si te fijas, verías que todas esas formaciones

tienden a parecerse al promontorio. El barco iluminado se aleja y pronto se habrá perdido en la noche.
Un rebaño de cabritos pasta en lo más alto de los
acantilados. Van a despeñarse y a caer al remolino
de espuma que juguetea peligrosamente cincuenta
metros más abajo. No sé si soy, en este momento,
el personaje que proyecta una novela, el personaje
que la está escribiendo o un personaje fascinado por
la luz de las cuatro de la tarde que sólo mira,
sabiendo a la vez que es mirado por alguien que
pretende apoderarse de su alma y sabiendo, también, que ella misma no está hecha para escribir
sino únicamente para mirar. La mirada extática
sobre el promontorio excluye al escritorio de maple
color de miel donde otra mujer escribiría con tinta
verde en un ancho cuaderno rayado. La identidad
de todos estos personajes posibles se confunde aún
más, si se toma en cuenta que hay una mujer sentada en la base del promontorio, escribiendo con
una pluma que de lejos parece verde en un cuaderno grande y posiblemente rayado, imagen que
se borra y desaparece para ser sustituida por la de
una joven de túnica amarilla, quiero decir verde,
de pie en el más alto de los escalones del promontorio, fotografiando un punto vacío de la poza. Hay
una alteración de la imagen: la joven duda por un
instante y acaba por enfocar la cámara hacia un
punto situado mucho más arriba, en la terraza de
un cuarto llamado *El mirador*, habiendo sufrido sin
duda el engaño de un espejismo, porque tampoco

74

allí hay nada que merezca ser eternizado por una cámara salvo el propio lugar vacío desde el cual, seguramente, alguien cada vez distinto ha mirado en diversos momentos, atenta y distraídamente, el promontorio y su fondo marino. El error estaría en el intento, necesariamente fallido, de pretender trasladar una visión que se basta a sí misma a una larga serie de palabras. Los que aman la fotografía piensan que no hay otra posibilidad sino la de retratar la fugacidad del tiempo en una instantánea. No existe ninguna garantía de conocer, de otra manera, algo de la realidad, que no es más de lo que aparenta ser en cada momento. Sería insensato aspirar a otra cosa que a sorprenderla en sus infinitas apariencias sucesivas. La fotografía tiene sentido porque Heráclito tenía razón. Yo me visto con largas túnicas color de tórtola, verdes, amarillas y no abandono nunca la cámara fotográfica con cada uno de sus aditamentos mágicos. Soy el personaje que toma instantáneas desde el primer escalón del promontorio. A veces alguien, trocando los papeles, me fotografía pero el sitio donde estoy aparecerá vacío en la impresión fotográfica porque soy como un fantasma que los espejos no registran y existo sólo porque ella, desde aquella terraza, me ha materializado y mueve los hilos que a su vez me hacen moverme y hacer como si estuviera aquí, tomando efectivamente una serie de fotografías que más tarde serían utilizadas para preparar una exposición que se llamaría Imágenes del Mar. Son muchos los que

75

recorren el hotel, suben y bajan escaleras, se hacen conducir una y otra vez en el funicular, bajan a la poza y suben a la alberca de agua dulce, provistos de cámaras fotográficas que dirigen sin cesar hacia todos los puntos, hacia los acantilados, hacia el hotel, hacia el mar, accionando constantemente los resortes, seguros al hacerlo de estar captando la vida y sin saber que después, al repasar las fotografías reveladas, sólo se encontrarán con algo helado e inmóvil. Nadie se pasea por el jardín. Nadie sube ni baja las escaleras. Sólo hay sol, vaho caliente, ausencia de brisa, luz cegadora trazando una enorme, ancha estela sobre el mar. Y el miedo. El miedo que no se ve pero se filtra entre las persianas cerradas, entre los macizos inmóviles de exoras, bugambilias, lluvia de oro, llamarada y huele de noche que a esta hora no despide ningún perfume. Miedo al inquietante adormecimiento del mediodía que nadie se atrevería a formular, porque es ridículo tener miedo en un lugar hecho para la diversión y para el descanso. Algo tendría que justificar el miedo como, por ejemplo, si se pudiera preguntar: ¿sintieron los tres temblores ayer a las cuatro? O: la gente se atonta con tanta luz y tanto calor: antier, precisamente a esta hora, dicen que un turista estaba parado allá arriba, fotografiando los acantilados, y sin que nadie pudiera evitarlo se cayó y fueron a encontrarlo, sentado sobre una roca, con el cráneo abierto, veinte metros más abajo. Has escogido para la novela una hora absurda, cuando el hotel está desierto. No hay nadie por ninguna parte y sólo el sol a plomo que no deja pensar y ni siquiera ver. ¿Qué hará tu personaje en la terraza a las cuatro de la tarde? Si caminara, en muy poco tiempo estaría sofocada, casi mareada, sin duda jadeante; si se quedara inmóvil, mirando el mar, no podría hacerlo durante un lapso más o menos largo porque el brillo exagerado le cerraría los ojos, ya para entonces irritados y ardidos. Y, sin embargo, tienen que ser las cuatro de la tarde. ¿Será porque en esa somnolencia de las cuatro hay cierta angustia agazapada en los senderos de grava que rodean a los bungalows, en las escaleras que se pierden entre la vegetación proliferante, para encaminar a los huéspedes hacia las piscinas o, por el contrario, hacia las cabañas y las habitaciones situadas en lo más escarpado de los acantilados? Ten en cuenta que no se mueve ni una hoja. Lo angustioso, supongo, sería el silencio. En el silencio de las cuatro tu personaje, así me gusta llamarla, tendría que oír forzosamente todas las voces que la acosan. Y en el paisaje, confundido y esfumado en la luz, vendrían a sucederse, como las imágenes de una linterna mágica, otros paisajes que también son voces y que coincidirían en el milagro de la escenografía, por obra de un artificio literario que sería relativamente fácil. Al mirar el promontorio, el personaje obedece a una exigencia profunda (palabras que tomo prestadas sin saber a quién, o que me son dictadas, lo que viene a ser lo mismo). Su presencia en el parapeto,

77

que es un mirador, que es una terraza se debe a una inspiración súbita que la empuja a salir por última vez antes de irse, a salir para tomar una fotografía que no tomará porque ese movimiento inspirado que la sitúa frente al promontorio tiene otros fines y pronto sustituirá el deseo de la fotografía por la anticipación de una novela. Ese movimiento inspirado, como me atrevo a llamarlo sin temor de caer en un exceso de fantasía, niega la opacidad del escenario, que para cualquier otra mirada permanecería mudo en ese instante, para trasladarlo a la claridad de un discurso ficticio donde la luz, eminentemente irreal, procede exclusivamente de la formulación de muchas palabras que han estado esperando ser enunciadas. En la claridad deslumbrante de esas cuatro de la tarde ideales, perfectas, como sólo podrían serlo de haber sido imaginadas, inventadas y puestas en palabras, su mirada es, paradójicamente, una mirada nocturna. ¿Una mirada que prescinde de lastres inútiles, que vuelve las espaldas a lo cotidiano? Sí pero, sobre todo, una mirada que en un golpe de vista abarca sólo lo rescatable y para la cual se vuelve elocuente el silencio de la escenografía. El personaje ha ido a ponerse, por un movimiento inspirado, en el lugar que le estaba adjudicado desde que el promontorio prefiguró la imagen de una escenografía genial. El personaje no tiene nombre porque no tiene identidad o, si quieres, porque en él, en ella se intercambian y coinciden muchas identidades latentes o posibles. La mirada y la anticipación de una novela futura no se distinguen: son, en todo momento, una y la misma cosa. Para que la novela se configure es indispensable el lapso de suspenso abierto por una mirada. El ruido del mar se aquieta, hasta enmudecer a las cuatro de la tarde. Y sin embargo, en ese lapso de suspenso que abre la mirada sobre la escenografía, en el interior del ámbito creado para la novela por una sucesión de palabras angustiosamente atrapadas, el ruido del mar es el único fondo sonoro que sustenta las palabras. Las palabras pretenden sustituir el ruido del mar. Las palabras *son* el ruido del mar. La duración artificiosamente henchida que abre la mirada del personaje sobre una escenografía involuntaria pero predestinada y perfecta, se inscribe dentro de otra duración idealmente distraída al tiempo y suspendida en un vacío ideal: la duración de unas vacaciones que rompen la molesta insignificancia de lo cotidiano. Se trata de un artificio. Se trata de una novela hecha exclusivamente de palabras. ¿Podrás prescindir de la insistencia con que ellos te llaman? Ellos representan un papel y yo represento un papel: se trata únicamente de que cada cual cumpla su función dentro de la novela. Lo demás no importa. Importa determinar, eso sí, cuál es el papel de ellos y cuál es el mío. ¿Qué exigen de mí y qué me impide abandonar la terraza, el mar, la escenografía, el hotel? Un hotel es un lugar de paso. ¿A qué se debe, pues, esa obsesión de no dejarlo, esa fantasía de prolongar sin

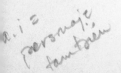

79

término una estancia que debe ser pasajera; que sólo vale, además, por esa necesidad de ponerle un límite, un principio y un fin? El personaje se distrae. Deja de mirar la escenografía para mirar a su alrededor. Entre todas las historias posibles hay también una historia de muchachas en flor. El hotel se ha llenado de jovencitas rubias (hay cuatro en cada cuarto), ruidosas, descalzas que de día se tienden al sol en sus respectivas terrazas, conservando únicamente el pequeño calzón de un diminuto bikini y dejando expuesta la espalda desnuda, relumbrosa de aceite. Cuando las puertas de sus cuartos se quedan abiertas, es posible ver desde afuera las botellas de ron vacías, las Coca Colas tiradas entre los huaraches, las blusas y los shorts, en un desorden que el cuidado aspecto de las niñas desmentiría. Tratamos de hacer reservaciones en el hotel y nos comunican, en un tono cortés e impersonal, que ha cundido una epidemia de cólera. Pensamos que el cólera es una enfermedad estomacal que produce un vómito incesante, hasta la muerte. Hacemos, sin embargo, las reservaciones. Al llegar al hotel, observamos con curiosidad a los huéspedes para sorprender cualquier evidencia, en el semblante, en el comportamiento, en el aire exterior, de la enfermedad que nos han anunciado. Pero todos parecen sanos y despreocupados y dan vueltas en pequeños grupos, alrededor de una alberca cubierta, rodeada de arcos romanos, llena de agua que hierve a borbotones. Unos altavoces difunden los acordes frívolos, exquisitamente fin de siglo, del vals de los bosques de Viena. Los paseantes dan la impresión de moverse al ritmo del vals, aunque no están bailando sino únicamente caminando. Es entonces cuando percibimos que el vals se interrumpe regularmente, para dejar escuchar una voz que pronuncia, distante y ajena, un nombre: de alguno de los grupos se adelanta una persona hacia la piscina y salta, todo al alegre son de Johann Strauss. El agua que, como ya se ha dicho, hierve a borbotones, se lo traga de inmediato. ¿Un sueño que se inmiscuye en el contexto de la novela igual que esa pantalla rota de seda azul que pusiste en la sala como un detalle surrealista? Quizá, pero es fácil descartarlo. Lo importante es la obsesión por la luz. Yo he visto esa misma estela brillante en otras playas, a otras horas, a veces cuando ya se acerca el crepúsculo. La estela va ascendiendo entonces al cielo que se vuelve, en el horizonte, platinado y frío, iluminado detrás de una nube por el último brillo, lunar, de un sol avergonzado de su esplendor diurno. El cielo liso, platino, de esas transiciones hacia la noche puede ser tan fascinante como la estela de mar, reflejo deslumbrante del sol de las cuatro, que seduce a tu personaje. Luego, el resol acerado se va transformando en plomizo y por fin las nubes se emparejan y el cielo, en el horizonte, se pinta de azul añil traspasado por una luz intensa que confunde, durante un fragmento de segundo impresionante, el cielo y el mar. He visto ese crepúsculo en una isla del Caribe protegida de los vientos y las agitaciones de alta mar por otras islas cercanas, de modo que las playas se recogían tranquilas, al borde de un estanque inmóvil. El Caribe no es uno solo. Crees reconocer un matiz, una ondulación del agua y algo, de repente, lo singulariza y lo vuelve único. El Caribe es un mito: es Utopía, es la isla de Robinson. Pero me gustaría que me explicaras ahora, antes de seguir adelante, quién dice esas palabras: "No estoy aquí. Estoy en otra playa, hace veintidós años." ¿Es el narrador o, en este caso, la narradora o es el personaje que uno de los narradores, el que acaba por escribir un texto que se empeña en llamar novela, inventa en el momento mismo en que empieza ese discurso imaginario? La narradora y su personaje estarán ligadas como dos hermanas siamesas. Sus corazones latirán con la misma cadencia y una podrá adivinar lo que piensa o siente la otra, porque una y otra serán las dos caras de una misma, casi incestuosa, identidad. ¿Y esa alusión a Hamlet que luego se pierde? Dijiste que la novela habría de ser un continuo ininterrumpido, que podría empezar en cualquier momento y terminar en cualquier momento, acaso como la vida. Mi novela no pretendería reproducir la vida sino, más bien, describir un instante en el que un personaje intentaría negar que el ciclo no se interrumpe nunca: aspiraría a negar, con su presencia imaginaria en un mirador colocado frente a un promontorio espectacular, que la secuencia del tiempo es inalterable. Tampoco allí había maripo-

82

sas. En la noche cerrada sólo se distinguían los tubos largos de luz morada, cuidadosamente distribuidos para garantizar la salubridad del hotel, un remanso de comodidades modernas en medio de la virginidad de la isla. Nunca vi que los tubos morados atrajeran esos moscones gruesos que se te cuelan por el cuello de la camisa en algunos lugares del trópico. Había, eso sí, muchísimas mariposas, sobre todo pequeñas, cadáveres achicharrados de mariposas amarillas. El ruido de la descarga no dejaba de estremecer un poco, mientras uno se dirigía, con pantalones Daks y camisa Pucci, sabiéndose protegido, a sorber vasos helados de rum punch en el bar de La Pequeña Sirena o en La Caverna de Neptuno. Ese barco, encerrado en una botella, lo he buscado inútilmente en Curazao, sintiendo quizá que era como buscarlo en Amsterdam. Lo he buscado inútilmente. Anótalo. ¿No traes tu libreta de apuntes? Lo has buscado entre pulseras y arracadas hindúes, anillos de jade que traen la buena suerte, pomitos de ungüentos chinos, bálsamos mágicos para aliviar dolores y para estimular las facultades eróticas, telas de Java, caftanes y estatuillas balinesas. Pero tu búsqueda ha sido inútil y has acabado por comprarte una reproducción de la Santa María que era igual a la Pinta que era igual a la Niña en una farmacia de Montego Bay. Creo que empiezo a entender el porqué de Hamlet, esa premonición del personaje. En una versión cinematográfica, si no me falla la memoria, Hamlet formula frente al mar su célebre duda metafísica. *To be or not to be* y abajo el mar embravecido de Dinamarca, que tiene algo que ver con Islandia, si no me equivoco. La vocación de Hamlet y el duelo entre esa vocación y la necesidad que se le impone de representar un papel. ¿La vocación? La vocación de ser únicamente su propio espejo, de contemplarse como conciencia, en perpetua, monótona, insistente y maniática reflexión sobre la propia vida y la propia muerte. Hamlet entre la tentación de la inmovilidad, de la contemplación pura, y la obligación de realizar un acto, que no es sino un acto de venganza, de celos incestuosos y, en última instancia, de identificación póstuma con la figura paterna. Quiero decir que, de una manera oscura ella, al imaginarse como personaje que enuncia mentalmente ciertas palabras que evocan, tal vez para volverlo presente, un momento vivido veintidós años antes tiene, al mismo tiempo, una fantasía un poco grandiosa y cree percibir la figura de Hamlet ascendiendo lentamente los escalones del promontorio y ve, al mismo tiempo, que la escenografía es en realidad el original de un grabado donde todo movimiento se hubiera detenido y al pie del cual hubieran escrito con letras mayúsculas HAMLET y, con letras minúsculas, by William Shakespeare. Mi absurda necesidad de justificar la necesidad de lo innecesario, de racionalizar las intuiciones, de convertir en discurso literario los presentimientos más incipentes, los que hubieran podido quedarse tranquilamente sin ser formulados y sin que

84

a nadie le importara un comino. Tu absurdo afán de dejarte deslizar hacia el irracionalismo, de creer en los presagios, en los augurios y en las sigilosas señales del otro mundo. Cuídate del ocio: es un terreno resbaladizo que resbala precisamente hacia el abismo. Abisal es una hermosa palabra, que entra muy bien en mi vocabulario. Abisal, malva, ámbar. Déjame asociar libremente. Deslizarme suavemente. Creo que ha llegado el momento de poner algo en claro. ¿Cuál es el tiempo de esa novela que estás escribiendo? ¿El tiempo de ella, la que mira desde el mirador, o el tiempo de ella, la que escribe con tinta verde sobre las hojas anchas de un cuaderno rayado colocado encima de la tabla abierta de un escritorio de maple? ¿Cuál es el tiempo de la novela que podrías o más bien deberías estar escribiendo, que me pregunto si estás efectivamente escribiendo aunque indudablemente tiene ya alguna, aunque sea mínima consistencia real puesto que puedes referirte en concreto a ciertas palabras enunciadas, pienso que no en alta voz, por un personaje indudablemente femenino, al que has situado en una terraza cuya vista sobre un peñasco que emerge del mar es excepcional y hasta podría decirse privilegiada? El dilema entre un tiempo y otro tiempo es algo que no se decide todavía. Pero hay esto de cierto: la posición de ella, el personaje del mirador, resulta cada vez más incómoda. No se puede reflexionar acerca de la propia vida y la propia muerte (aquí se abren y se cierran comillas) cuando la

85

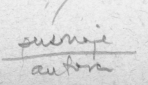

temperatura al sol es de 38 grados centígrados y no corre la brisa. Sólo consigno un hecho. Y ese hecho es el siguiente: a las cuatro de la tarde del domingo ocho de mayo de 1971, una mujer mira desde la terraza de un cuarto llamado *El Mirador* en un hotel de Acapulco, hacia un punto situado precisamente frente a ella, unos treinta metros más abajo, un punto donde se encuentra un islote escarpado, un promontorio alisado, un peñasco erosionado por el oleaje y hacia la ancha estela que se extiende desde allí hasta el horizonte, una estela dibujada por la reverberación solar sobre la superficie indiferente del mar. El promontorio es amarillo, de bordes irregulares, afilándose en su extremo superior. Quince escalones tallados en su base permiten el acceso, desde una plataforma mojada constantemente por el mar, que enlaza ese islote flotante con el macizo de acantilados donde ha sido construido el hotel; plataforma que rodea una poza o piscina marina donde el agua, que penetra por los intersticios de los arrecifes que sostienen la plataforma, se estanca y toma un color esmeralda transparente que deja ver, en el fondo, la arena gruesa y ocre. Éste es un hecho real. El único hecho real. Todo lo demás que pueda decirse en torno, acerca o sobre esa mujer y su manera de mirar el mar depende únicamente de la voluntad de un narrador situado en otra terraza, la del cuarto llamado *El laberinto,* que la convertirá o no en el personaje marginal de un relato al estilo de *A sangre fría,* y de la fantasía de una narradora sentada, a la vez, en uno de los escalones del promontorio y frente a un escritorio de maple americano, donde escribe con una pluma verde, en tinta verde, a lo ancho de un cuaderno rayado, que la convertirá, si se decide a hacerlo, en un personaje de reminiscencias shakespirianas, ligeramente anacrónico, desmesurado y ridículo. La mujer que mira al mar el 8 de mayo de 1971 intenta ser por su parte, patéticamente y sin muchos resultados, por un instante, quizás el único de toda su vida, su propio personaje. ¿Recuerda, sueña, anticipa? Recuerda que preferiría olvidar; sueña, como Rilke, que mira hacia afuera mientras que es por dentro donde el árbol crece, quiero decir, en este caso, donde se ondula y murmura el mar; anticipa una despedida, oscilando peligrosamente entre esa despedida y un obstinado deseo de petrificar el gesto de adiós, que parece esbozar ingenuamente con la mano izquierda, posada sobre el muro de la terraza como un pájaro tembloroso, indeciso entre el nido y el vuelo. Las palabras la abandonan. ¿Será que la mirada, esta manera de mirar, excluye las palabras? Imagina haber tenido una visión e imagina, también, que la visión se ha desvanecido. Imagina la libertad, la apertura, el vuelo. Se imagina a sí misma como objeto obsesivamente acariciado por su mirada. Se imagina mirada por el mar. Se imagina ceñida por el mar. Se imagina el mar. Me imagino, a mí misma, el mar. Estoy aquí, en medio de la tarde, y la luz que baña al mar es demasiado clara pero, si me dejara recordar, otras tardes más luminosas desplazarían a ésta. Las cuatro en San Juan. Las cuatro en Williamstad. El sol radiante en azul, en verde, en naranja, en amarillo. El sol en el asfalto y en los adoquines rosados. El sol en las banderas que los marineros izan en los mástiles más altos del Fuerte para consignar la entrada de algún buque procedente de Amsterdam o de Singapur. El sol en las crestas del mar picado, espesamente azul, que rodea al hotel que fue un Fuerte, que fue el bastión de un bucanero, que es ahora un albergue un poco deteriorado de los treintas, como éste desde donde miro el mar en Acapulco, con los mismos barrotes pintados de azul, los mismos almendros y los mismos cañones enmohecidos, agujereados por varios cientos de años de brisa cargada de salitre. El barco pasa rozando los parapetos del fuerte. Pasa tan cerca que el hotel ha sido asegurado, no se da otro caso semejante en el mundo, contra daño o accidente perpetrado por el choque de cualquier embarcación contra sus viejos muros protectores. Un barco enorme pasa, deslizándose con ligereza por detrás de los baluartes de un fuerte de cartón, de un fuerte de juguete, de un fuerte de escenografía, frente a los muelles de una ciudad color pastel, también de escenografía, de una encantadora ciudad holandesa trasladada al Caribe, bajo un sol de escenografía, todo en medio de un Caribe de guía turística, por no decir de escenografía, palabra que ya ha sido repetida en esta novela con demasiada insistencia y que por lo tanto deberá ser usada en lo sucesivo con medida, si no se aspira a inducir al lector a una curiosidad desmesurada por sus probables implicaciones simbólicas. No. El sol es efectivamente radiante y sí son las cuatro en San Juan. El sol arranca destellos metálicos de los arrecifes. El sol es carnalmente verde en los ancianos laureles del parque. Aquí casi no hay nortes. Llueve, sí, pero nunca demasiado, quizás hasta con excesiva mezquindad. Ya les habrán dicho en las Islas que allá no llueve nunca. El agua la llevan de San Juan. Una barrera de pinos detrás de la playa. Otra vez el *Pinus cubensis,* tenías razón. En Curazao tienen que destilar el agua de mar. Uno se imagina que en el Caribe... El divi-divi tiende sus ramas secas hacia el Oeste, porque ésa es la dirección del viento. No sabes nada del Caribe si no has visto estas islas yermas, desnudas, que no podrían jactarse de haber sido bienamadas de Dios. No sé nada del Caribe. Sé apenas de La Habana, con sus vientos helados que soplan del Norte. Entonces el mar se lanza brutalmente sobre los arrecifes (palabra seguramente de origen árabe, que recurre en la memoria y en el texto por sus indudables connotaciones gráficas), repito sobre los arrecifes, y empapa el asfalto del malecón con una llovizna espumosa de gotas saladas. En Jamaica apenas se sienten los nortes. En San Juan apenas se sienten los nortes. La más grande de las Antillas les sirve de parapeto. La playa que yacía aletargada en la memoria no era lisa, ni tibia, ni tampoco transparente. La arena no era ese polvo blanco de coral pulverizado que emerge blandamente hacia la orilla, prolongando la tersura quieta del mar. Pero ahora las dos playas se confunden bajo la amenaza de un solo viento huracanado que se levanta por sorpresa, anunciado brevemente por el apelotonamiento de nubes bajas, grises, grávidas de agua. El aire gana velocidad por instantes y los bañistas, alertados, salen apresuradamente del mar, recogen toallas, bolsas, libros y buscan el refugio de los pasillos techados, de los interiores confortables que les dejarán contemplar con cierta voluptuosidad la tormenta, como ovillados en la voluta, en la espiral de una concha tornasolada, construida por la mano del hombre. Afuera, la lluvia y el viento desgajan las ramas secas de las palmeras, tumban los cocos, inclinan hasta el suelo los tallos débiles de las rosas, hacen un ruido infernal sobre los techos que sin embargo resistirán el embate, de modo que el ruido del agua sólo contribuye a acentuar la sensación de refugio y de enclaustramiento. ¿Las pequeñas garzas tendrán también un nido donde refugiarse? Vuelves a cometer un error; otra vez mezclas y confundes los paisajes. Aquí no hay garzas y ni siquiera se divisan gaviotas. En diez minutos se acabará la tormenta y los delgados riachuelos de lluvia se filtrarán entre el césped y la arena. Las mesas, bajo las pérgolas, habrán quedado empapadas y será necesario comer adentro. Olerá a humedad un buen rato, mientras el vaho se disperse poco a poco en la brisa de la tarde. ¿Habías imaginado un atardecer así? Sólo se dan en el Caribe, después de una tormenta fugaz, como fue ésta. Y luego se condensa el color del aire, quiero decir del cielo, y se fija ese naranja, ese rosa que parecen de cristal alcanforado. El promontorio, entonces, se alarga y se angosta y es una prolongada lengua de arena llena de pinos: una isla húmeda y larga, frente a la playa, al alcance de la mano. ¿Sufrirá otras metamorfosis? Es curioso ver cómo llueve, detrás de la tela de alambre. ¿Ya no se usan mosquiteros en Jamaica? Estamos, señora, en la más salubre de todas las islas. ¿Acaso no sabías que en ninguna otra parte es más generosa la naturaleza y, a la vez, más vigilada y domesticada por la mano del hombre? ¿Sabes por qué parecen azules las montañas? Porque las rodea siempre un vapor espeso, una neblina que con la distancia se vuelve azulosa, una llovizna que no cesa nunca más allá de los seis mil pies, donde la vegetación se reduce casi a una sola especie, pero rica, infinitamente multiplicada. Me refiero al helecho arbolado, la más, exquisita de las variedades en la flora tropical. ¿Me estás dando una lección de geografía? ¿Desde cuándo empezaste a guardar caracoles en esas gavetas bajitas y anchas y largas, tan largas que por más que trato no puedo alcanzar a ver los que están allá en el fondo? Me harás una colección de caracoles y no los abandonaré nunca, te lo prometo. Salomé me echó ayer los caracoles. Salomé me ha leído el futuro. Me ha dicho que viviré lejos del mar. Me ha dicho que moriré del otro lado del mar. Aquel viejo doctor conocía las leyes de la naturaleza, sabía de las leyes que rigen el universo, de las leyes de Dios. ¿Usted no siente, cuando escribe, que alguien le va dictando, como si le llevara la mano? ¿No sientes a tu lado su presencia, su sutil y· discreta compañía? Todos tenemos un espíritu guardián. Yo te lo aseguro. Puede ser un rabino de la diáspora o un mandarín chino de la dinastía Ming. Los espíritus subsisten a través de los siglos y podemos aprender a escuchar su sabiduría. Aprende. No te cierres. Una vez que se ha hecho el contacto, la comunicación es fluida y no se interrumpe. Los antiguos sabían mucho más que nosotros del lado oculto del universo, pero eso no quiere decir que. *Morirás lejos.* Morirás del otro lado del mar. Lo que ha tenido vida alguna vez, por incipiente que fuera esa vida, ya no se pierde nunca. La vida del espíritu es perdurable. Danos, Señor, la vida perdurable. Amén. ¿Quieres decir que pretendes escribir un libro casi en estado hipnótico, en trance como si dijéramos? Digo que las voces me rebasan y temo que acaben por vencerme, pero no digo que pretenda. Un escritor no es nada o es, si quieres, un diapasón vacío donde se hacen oír los ecos desproporcionados, magnificados, de otras voces. La novela perfecta tendría la forma de un reloj de arena. En el depósito más alto se habría concentrado el tiempo, el tiempo reunido desde el principio de los tiempos, y esa sensación tendría que darse en las primeras palabras. ¿La Biblia = la novela perfecta? Luego empezaría a caer, a la vez lenta y precipitadamente por el conducto angosto (me refiero al tiempo, por supuesto) hasta llenar completamente el depósito de abajo. Esa novela no sería más, ni menos, que la destilación precisa del tiempo en una serie casual de palabras. ¿Te atreverías a describir el Caribe después de Carpentier? No me atrevería. No lo intentaría siquiera. Yo tendría que describirlo, desgraciadamente, como se describe un estado de ánimo. No podría decir, por ejemplo, "la esplendorosa blancura de la arena". Yo no diría "la esplendorosa blancura de la arena". "Playas tan esplendorosamente blancas." No estoy aquí. Estoy en otra playa, esplendorosamente blanca, hace veintidós años. Este maldito dolor de cabeza. ¿Por qué usas un perfume tan penetrante? Cuando subíamos por el elevador yo ya sabía que estabas aquí. Ese perfume se queda impregnado. Ella tiene *charm,* con eso basta. En mis recuerdos no hay ninguna playa. Cuando llegamos al Golfo de México estaba pálida y flaca, como un cadáver, de tanto vomitar. Sí, pasamos por las pequeñas Antillas, pero no me moví de la litera. No tenía fuerzas. No tenía ganas. Si me escogieras como personaje, la novela tendría que ocurrir en otra parte. ¿Te dice algo el lago de Constanza? Cuando llegamos a La Habana vi, por primera vez en mi vida, un negro. No dejes entrar a ese gato, por favor. Sabes que detesto a los gatos. Ella estuvo en un campo

¿lo sabías? Por eso usa siempre manga larga. No es de las que les gusta exhibir el tatuaje. Ibamos llegando a Munich cuando vi el letrero en la estación y sentí algo muy raro. Había niños que montaban bicicletas, pequeñas casas con bardas de madera y setos recortados. Era un paisaje cándido y alegre. El tren se detuvo dos o tres minutos, no sé, como en todas las estaciones. El letrero de esa estación decía DACHAU. En Curazao todavía hay muchos judíos y la primera sinagoga del continente americano. Pensé que el dato podría interesarte. En Jamaica hay tenderos negros que se llaman Isaacson y Levi. Allí se mezclaron judíos y negros, españoles y negros, y los descendientes de unos y otros se mezclaron entre sí. Eso ocurrió antes de que los ingleses tomaran el té a las cinco en las pérgolas de los jardines ingleses de las prósperas plantaciones inglesas. Pero también ellos se mezclaron. Por eso los negros jamaiquinos son tan peculiares. Si pasas debajo de una ceiba y oyes el viento susurrando entre las ramas, haz la señal de la Cruz. También en San Juan hay un cementerio marino. Está al lado del Morro ¿cómo es posible que no lo vieras? Es un cementerio muy bonito. Las almenas de la fortaleza van descendiendo desde esa loma donde está el castillo y allí abajo, en un terraplén casi a la altura del mar, se alinean los monumentos, los ángeles alados, las vírgenes de mármol. ¿Entre pinos y almendros? No me acuerdo. Sólo me fijé en el color del mar, que debe ser muy profundo, porque es literalmente azul marino. Hay ciudades que están orgullosas de sus cementerios. En New Orleans, por ejemplo, esas mansiones de los muertos son tan visitadas como las mansiones de los vivos y las mansiones de los vivos son tan silenciosas, tan pulidas, tan veladas por visillos de encaje que parecen preciosas criptas habitadas únicamente por los sueños de los muertos. ¿No te bañaste en la piscina del Royal Orleans, viendo el Mississippi desde el penthouse? ¿No te tomaste un Hurricane en Pat O'Brien's? A veces, se mueven brevemente los visillos o alguien pule, con movimientos regulares y rítmicos, los motivos de bronce de un balcón forjado, como si puliera la reja protectora de un monumento funerario. Sí, hay magnolias en los jardines y robles cargados de musgo en los parques y azaleas y viejas sentadas en las mecedoras de los portales de las casas más deterioradas, mirando al vacío, como parte de una escenografía bien proyectada (otra vez esa palabra). Pienso que algunas ciudades tienen una disposición interna, una inclinación latente que cuaja en un momento de la vida de la ciudad y le deja para siempre un sello. Hay, no puedes negarlo, ciudades del sol y ciudades de lluvia y ciudades que guardan la melancolía del bosque, donde los parques son umbrosos y verdes, y otras donde los parques se abren en grandes perspectivas, sembrados de césped y de flores y hay ciudades marcadas por un río que las vuelve, siempre, ciudades de tránsito hacia otras ciudades y hay ciudades levantadas, como vigías, frente al mar. Ciudades del deterioro y la nostalgia y ciudades radiantes, donde todo está por ocurrir todavía. La Habana fue fundada, en la costa Sur de Cuba, el año de 1515. Luego fue trasladada al sitio que ahora ocupa, en una bahía idealmente configurada de la costa Norte, frente al Estrecho de la Florida. En el año de 1899, la causa más frecuente de muerte en esta bella ciudad es la tuberculosis. Esto se debe a la humedad que prevalece, no sólo aquí sino en toda la isla. Haré un largo viaje por mar. El médico me ha recomendado una travesía marítima. ¿No es demasiado caliente el Caribe en esta época? Me hacen daño, sabes, los cambios bruscos de temperatura. No toleraría el clima artificial. La Isla se eleva, sobre un angosto banco de arrecifes, a unos quince pies encima del nivel del mar. Cayos, islotes de origen coralino, siguen de cerca el contorno, casi en la mitad del total de la línea costera. Habla lentamente, dejando caer las palabras como gotas de miel espesa. Fuma sin parar. Ya no me levanto, dice, me paso los días enteros acostada, leyendo todo el tiempo. Estás pálida y muy delgada, le digo. No sabes lo que es vivir en el encierro, cuidándose de las corrientes, no sabiendo cuándo llueve, apagando la televisión cuando sale un anuncio de comida. Cuba es famosa por la belleza y fertilidad de sus valles, algunos de los cuales son amplias llanuras atravesadas por ríos y arroyos que se abren paso hacia el mar, mientras que otros son anfiteatros rodeados por suaves colinas. Harás, al revés, la travesía de Malcolm Lowry. De México a Canadá, subiendo lentamente la costa del Pacífico. Saldrás de Acapulco. Por la noche, un albatros vendrá a posarse sobre el mástil. Verás crepúsculos de todos colores. No verás playas esplendorosamente blancas, hechas de conchas y corales desmenuzados: así sería si hubieras escogido el crucero del Caribe. En nuestros amplios viajes por las regiones tropicales nunca hemos visto paisajes tan singulares como los de esta silvestre región del Oriente de Cuba. También nos ha impresionado la belleza de las cuevas, la delicadeza de formas en estalactitas y estalagmitas, la blancura de nieve de esos interiores subterráneos. Una agonía lo impulsa a viajar. A lo largo de su vida. Viajar a lo largo de su vida de una tierra a otra. La agonía que impulsa a los viajeros a viajar sin cesar, de una tierra a otra. Cada viaje parece dejar en suspenso el riesgo de la muerte. ¿Es eso lo que quieres decir? La agonía de Martín Trumbaugh no era ésa. En la Sierra Maestra, como en las Montañas Azules de Jamaica, la temperatura baja, con frecuencia, más allá del punto de congelación. En toda la isla, las lluvias abundan en el verano, de mayo a octubre. En la estación de lluvias, llueve ligeramente más en La Habana que en New Orleans. Pero no viajarás en un carguero ni habrá gatos a bordo. Verás alguna, yo diría que varias tormentas en el mar. Y también, como todos los viajeros, tomarás el sol en la cubierta. Y te apoyarás en la barandilla para ver pasar la frontera de México. Llévate el libro de Lowry. Si puedes, escribe un diario de viaje. En 1856 nevó en la Isla de Cuba. Suele haber escarcha y, cuando llegan los nortes, a ciertas alturas se forman delgadas capas de hielo. Dentro de tres horas se pondrá el sol en el extremo derecho del horizonte, que es el Oeste. Aquí el Poniente está a la derecha y puedes confundirte. Estás apoyada en la barandilla de un barco que atraviesa el mar, siguiendo una perfecta línea recta, paralela al litoral, entre el promontorio y el horizonte. Acabas de tomar el barco en el malecón de Acapulco y ya casi estás en alta mar. Pero no dejarás de ver la costa. En todo el viaje verás la costa. Yo, mirando el promontorio, mirando el mar, mirando el barco, te digo adiós. El gesto que hace el personaje con la mano izquierda parece un gesto de despedida. Insisto en la importancia de esa despedida. No olvides que vivir es siempre despedirse. Rilke dijo, debes recordarlo, que permanecer es estar ya petrificado. Si el gesto es un gesto de despedida, hay una esperanza. El destino del personaje no está escrito, no está sellado. ¿Existen, pues, alternativas? También mi abuelo habrá tenido el privilegio de cenar a solas, pienso, pensando que lo pensó Lowry de su propio abuelo, que también había sido marino, cuando supo que el capitán del barco tenía el privilegio de cenar a solas. Privilegio no aprovechado porque invitaba siempre a dos o tres pasajeros a hacerle compañía. Tú no tienes por qué recordarlo, en tu travesía hacia Alaska, porque no has tenido el privilegio de un abuelo marino. En la

Isla soplan los vientos alisios del Este pero, en la parte Occidental y de noviembre a febrero, descienden vientos fríos del Norte y entonces también llueve, aunque no sea temporada de lluvias. Los bosques fueron arrasados para sembrar caña. Bosques de palmeras, de pinos, de naranjos y de limas. Veintiséis especies de palmas, de las cuales la más bella es, sin duda, la *Oreodoxa Regia*. Y, además, la flora característica de la Florida y del litoral centroamericano y del Sureste de México. El primero de todos llegó con Colón. Era el cuarto viaje y, después de una larga estancia en Jamaica, que disfrutó con un entusiasmo desbordante como consta en esa carta que nunca llegó a enviar a su madre en Cádiz, carta que conserva Teodomirita, tocaron La Española antes de emprender de nuevo (ésos eran los planes) la travesía del Atlántico. Era el mes de agosto de 1504. La decisión que tomó entonces pesa sin duda, en este interminable minuto de las cuatro de la tarde del 8 de mayo de 1971, sobre tu gesto de despedida en la barandilla de un barco frente a la costa de Acapulco, quiero decir, sobre mi gesto de despedida en una terraza de Acapulco, gesto que esbozo sin mucha convicción, sólo porque me interesa representar a conciencia el papel que se me ha asignado en esta novela. Volviendo, pues, al acompañante de Colón, se sabe que en 1511 optó por trasladarse a la mayor de las islas, que iba a ser colonizada, que su nombre se encuentra en los documentos que consignan la fundación de la primera villa y que más tarde radicó en Santiago, donde murió a la todavía no avanzada edad de cuarenta y seis años, dejando descendencia. Durante seis generaciones el mayor de los hijos se llamaría, como él, Bernabé. Escribirás un diario de viaje. Escribirás un libro a la manera de un diario de viaje. Cuando Lowry pasó por aquí, en su travesía de Norte a Sur, Acapulco era, lo dice, el único vestigio de vida en toda la costa mexicana desde Manzanillo. También dice que Acapulco no se merece una tragedia. ¿Dijo eso Lowry? Martín Trumbaugh llega a México por Acapulco. Desembarca en Acapulco. Tú también conocerás lo que es una larga, interminable travesía por la costa mexicana, pero tú habrás salido de Acapulco. Habitar en este lugar bendito es recuperar el paraíso. Las culebras, los alacranes, las arañas no son venenosos. Una especie de sirena, llamada manatí, nada en las aguas poco profundas cerca de las costas. Pero no hay nada tan hermoso en la fauna de la Isla como los caracoles, de tierra y de agua dulce, de diversos tamaños y colores. Caracoles que habitan en los árboles y se alimentan de hongos y de líquenes. Y un día desembarcarás en Vancouver, Columbia Británica, el mismo sitio que un personaje que yo he inventado (un personaje que también escribe una especie de diario, aunque no precisamente de viaje, o quizá más bien un memorial, sobre una mujer que gustaba rodearse de gatos o de espejos), el sitio que ese personaje imagina recordar, mientras mira un barco blanco profusamente iluminado, desde una terraza situada frente a la bahía, en la más hermosa, la más mediterránea de las ciudades del Mediterráneo Americano. Su recuerdo, que no es tanto recuerdo como añoranza, puede explicarse como esa nostalgia de paisajes helados, de una claridad distinta a la claridad del trópico, que suelen tener los que habitan aquellas latitudes. La fantasía de una cabaña iluminada en medio del bosque sustituye, entonces, al deseo de una casa invadida por los vientos marinos y por las gaviotas. Me pregunto qué impresión tendrás al divisar, desde el barco, el litoral ¿escarpado? de la Columbia Británica. Te atribuyo entonces un recuerdo que tampoco es recuerdo sino curiosidad insatisfecha, que nunca te ha urgido demasiado: imaginas un Caribe de tarjeta postal o de cartel turístico, que invita a hacer una visita al Paraíso, y lamentas brevemente no haber elegido aquel crucero italiano por las Antillas. Sabes, por supuesto, que la humedad caliente de aquellos trópicos es el peor enemigo de los pulmones débiles. Has hecho bien en preferir este barco que bordea el litoral del Pacífico, cada vez más frío, a medida que te vas acercando a la Columbia Británica. Una colección de Polymitas. *Nigrolimbata, fuscolimbata, roseolimbata, fulminata.* Recuerda que se alimentan de hongos y de líquenes y que nunca han sido vistas atacando las hojas o los frutos. Mi interés por los moluscos fue despertando precisamente por las conchas de este género. Me entusiasmó tanto su belleza que decidí dedicarles los mejores esfuerzos de mi

101

vida. Gracias, eso responde ampliamente a mi pregunta. Durante el viaje podrías leer *Tifón* o *Moby Dick* o ir haciendo, en cada puerto, una colección de libros, novelas y diarios de viaje, sobre temas marinos. Personaje obsesionado por las colecciones y por los diarios. Afición por la ecología y preocupación por los efectos secundarios de las explosiones atómicas. Fantasía de retirarse a una casa de campo, cultivar la tierra y ser autosuficiente si llegara a producirse en el mundo una gran catástrofe. Hacerle sentir, contradictoriamente, cierta afición por el desgaste y la melancolía, atribuirle un gusto sospechoso por ciudades como New Orleans y una predilección enfermiza por los gatos. Ojo: el amor a los felinos puede deberse más bien a un respeto profundamente arraigado por la libertad y la independencia de los demás. Imágenes recurrentes: un estanque verdoso y la ambigüedad de un personaje disfrazado, cuya identidad no llegará a descubrirse; premonición de una muerte solitaria y terrible en el corredor de un hospital, donde se alinean las camas de los incurables, a los que no vale la pena dar un cuarto cuando están tan escasos y hay otros que todavía pueden salvarse. Es evidente que también colecciona fotografías, casi todas de parientes muertos. *La pasajera:* historia paralela a *La invitada,* con la que podría integrar un pequeño volumen de unas cien páginas. Historia que transcurriría en un barco, en travesía a lo largo de la costa Occidental de América del Norte, de Acapulco a Vancouver, con la opción de

102

llegar hasta Alaska. Narraciones paralelas sólo por el escenario: un hotel y un barco son, igualmente, residencias transitorias. Me han dicho, a veces, que por qué no pinto el mar. Pero yo no podría pintar el mar. No lo siento bastante. Nací y me crié entre montañas. No importa. Detesto los paisajes, aun los paisajes marinos. Ayer un muchacho rubio, en la alberca intermedia, dibujaba el promontorio. Cuando bajé, ya se había ido. El muchacho rubio no es huésped del hotel. Debe ser uno de esos hippies que se alojan en la pensión cercana, sin vista al mar, que les renta los cuartos con derecho al disfrute de estas piscinas. Era un joven sumamente delgado, con el pelo rizado. El promontorio como *sujet de composition*. El promontorio como tema ideal para ejercitarse en el dibujo de paisajes marinos. ¿Descartas la posibilidad de que él haya tenido también una visión y que pretendiera fijarla en un boceto que sería la portada ideal de tu libro? No se te olvide añadir a la galería de comparsas el grupo de cuatro gringas de edad incierta que ocupan la suite nupcial y velan por las muchachas en flor y la italiana que no tarda en entablar plática con cualquier desconocido sobre el negocio de joyas que tiene en México y que le impide tomarse, con la frecuencia debida, unas vacaciones en el mar. El tema de las vacaciones en el mar. ¿Tratado por quién, aparte de Proust? Después de todo, se supone que el libro ocurre durante unas vacaciones y que son vacaciones en el mar. ¿No es así? Inútil. Nada, salvo la versión cinematográfica de M. Hulot. En la novela nacional, creo que únicamente *La casa en la playa*, de Juan García Ponce. Podrías aludir a un viejo proyecto de ensayo donde se haría la comparación entre *Dos años de vacaciones* y *El señor de las moscas*. Simplemente por aquello de la recurrencia, en tus intereses literarios, de dos temas, el de las vacaciones y el del mar, con incidencias ocasionales de otra constante que no deja de seducirte. Me refiero, por supuesto, al subrepticio deslizamiento que experimenta la realidad, en sus momentos más luminosos, hacia un deterioro o una descomposición propiciados por la inesperada intrusión de la violencia. Pero la violencia, en este libro, será únicamente evocada y no ocurrirá, en el escenario del mirador y del promontorio, ningún hecho violento que empañe la luminosidad de esas cuatro de la tarde radiantes. Acerca de la agresión entre animales, hay algo muy interesante: cuando el lobo derrotado en la pelea, quizá por viejo o porque es más débil y está exhausto, ofrece su cuello al vencedor, en un gesto de rendición incondicional, el lobo que ha vencido se paraliza en su ímpetu agresivo, es incapaz de rematarlo. (¿?) La violencia cometida por seres racionales sobre criaturas inocentes, o de menor raciocinio, añade al escándalo contra el espíritu que lleva consigo todo acto violento un matiz peculiar de degradación. (¿?) Pienso que la violencia es, en nuestros días, un hecho cotidiano y a nadie le importan las bombas de napalm ni los niños escuálidos ensartados en la punta de la bayoneta de un soldado ebrio: alzamos los hombros y pasamos a otra cosa. (¿?) No sabíamos que era un delito matar indios. Nos compraban bien las pieles. La india trataba de proteger a su hijo de pocos meses y eso nos enfureció y al niño lo decapitamos de un solo machetazo. Había también una niña como de unos siete años. A ésa la golpeamos hasta que se calló, porque gritaba mucho. La prensa se divide en el juicio que le merecen tan insólitos hechos: algunos periódicos señalan el aspecto moral del delito y otros la ignorancia de los ejecutores que, si no los exculpa, inscribe el acto delictuoso dentro de otra perspectiva. (¿?) Hay actos de venganza sublimes, que son el cumplimiento de un destino, como lo demuestra Hamlet y todo el teatro griego. (¿?) He visto una fotografía, sabes. Es una foto tomada en Bangla Desh, después de la derrota de los paquistanos que, como es bien sabido, cometieron antes de ser derrotados atrocidades inenarrables. Creo que ya te imaginas de qué foto se trata. Dos bengalíes, ahora vencedores, clavan una vez más sus bayonetas en los cuerpos heridos y yacientes de dos o tres paquistanos vencidos. Alrededor, el público mira con indiferencia, con curiosidad, con complacencia, con complicidad, con regocijo. Un periodista toma nota. Apuesto a que escribe: No debe ser tan difícil matar. Los papeles de la víctima y el victimario son intercambiables. (¿?) ¿No crees que te estás dispersando un poco, con todo eso de la violencia y por otra parte los paisajes y las descripciones

105

que nada tienen que ver con la obsesión de un personaje que mira al mar a las cuatro de la tarde? ¿Cuál es en definitiva, el tema del libro? Y además es un hecho que no se puede reflexionar sobre la vida y sobre la muerte, a pleno sol, en un mediodía del trópico y en Acapulco, *of all places.* Quizá, como contrapartida, otro personaje debería mirar el promontorio a media noche. Así el libro tendría su *côté Igitur* y su *côté Cementerio marino.* Esa posibilidad de la media noche tiene, además de su lado mallarmeano que correspondería a esa tendencia tuya tan matemática, tan intelectual, otras posibilidades no menos, yo diría que mucho más atractivas: ¡podrías convertir la novela en una novela gótica! La mujer, en este caso, mira el mar desde el terraplén de un castillo, de un Fuerte español del siglo XVIII, de esos que abundan en el Caribe, con un aire entre Catherine Earnshaw y Josephine de Beauharnais. Por supuesto, la naturaleza de esta historia exigiría un final sombrío y terrorífico: cuando empiezan a batir vientos de huracán ella, incapaz de llevar por más tiempo sobre su corazón las penas de un amor culpable, salta ágilmente sobre los arrecifes evocando, de acuerdo con su tradición hispánica, los versos más patéticos de Espronceda. Son las cuatro de la tarde, insisto, y me limito a consignar la actitud de una mujer que mira el mar. Si el hecho de mirar el mar en la tarde, o al final del mediodía, de un domingo 8 de mayo de 1971, es de alguna manera la repetición de un acto ya realizado

106

o es, por el contrario, la anticipación de un acto futuro, nadie está facultado para asegurarlo por ahora, ni el narrador que proyecta en *El laberinto* una novela al estilo de *A sangre fría,* ni la narradora que escribe en los escalones del promontorio, al lado de un anciano español que lee a Unamuno. A ambos, sin embargo (y a mí que los invento), la mujer de la terraza se les impone como presencia indiscutible, como espejo y como enigma. Insisto en que el personaje, en todo momento, trata de salvar su alma. Su memoria se reduce a un número recurrente de imágenes que yo diría obsesivas y que salen a flote sin ninguna razón aparente. Pero yo, por mi parte, no creo en los monólogos interiores. Ese magma informe donde coinciden, con supuesta incongruencia, impresiones, recuerdos, emociones, fantasías es un artificio, lo mismo que lo sería un discurso formulado con la máxima coherencia, que pretendiera reproducir también el discurso interior. Todo intento de formulación literaria de las aventuras de la conciencia es, por su naturaleza misma, un artificio, como toda expresión, mediante palabras, de la realidad es una ficción. Pero el artificio, la ficción, aparecen en un momento dado como los únicos recursos accesibles para aclarar algo de los hechos que ocurren y más aún de los que no ocurren, de los gestos que se esbozan y de los que se quedan a punto de, de las palabras que se dicen y de las que se quedan flotando en el plasma de la conciencia, como el alma de los nonatos en el limbo de los espíritus puros.

Reflexiones que pueden atribuirse, indistintamente, al narrador de *El laberinto* y/o a la narradora de los escalones del promontorio y del escritorio de maple americano pero que son inoperantes para el personaje que mira desde la terraza y proyecta, sin quererlo, una novela. Porque ella teme contaminar la pureza del acto con la ficción de la palabra, pretende acceder a la clarividencia por una identificación con algo que a la vez está y no está en el objeto de su mirada y se retrae ante la eventual formulación futura de un discurso escrito. El hermoso jardín es ahora una ruina. Para sembrar rosas derrumbaron árboles enormes y magníficos. Pero los rosales no prosperaron. Una tenue película blanca empezó a invadir las hojas nuevas, que habían brotado de un rojo oscuro, sano y brillante, prometedor de flores bellas y perfectas. La enfermedad de las rosas es siempre premonitoria (yo ya lo sabía y he escrito un cuento, hace años). Sólo puedo decirte que las serpientes invadieron entonces el jardín, subrepticiamente, disimulándose entre los helechos y las lianas y otras plantas parásitas que no fueron desalojadas por completo al ser demolidos los árboles. El olor a humedad se fue volviendo, cada vez más, un perfume dulzón de vegetación putrefacta. Para entonces, ella había empezado a sentirse invadida también por una debilidad que primero fue inquietante, casi angustiosa, pero luego fue haciéndose tan solo lasitud y palidez y una sensación de ir vaciándose lentamente por dentro, una sensación plácida y voluptuosa de compartir, evolucionando hacia una total invalidez, la progresiva descomposición de vida vegetal que se inició en el jardín para penetrar después en el interior de la casa, de tal manera que al mismo ritmo que crecía adentro un extraño herbario proliferante, la atmósfera adquiría un sabor salado y marino, una emanación de vida orgánica trabajada por la muerte. Moraleja: no siempre es bueno experimentar con rosas. Las lluvias torrenciales anegaron por último lo que había sido primero un jardín boscoso y luego un jardín de rosas y a ella la encontraron, ahogada por supuesto, entre los restos de los rosales y de las serpientes. Macabro ¿verdad? Pero en el cuento que ya ha sido escrito las cosas ocurren de otra manera. Y en la vida real fue encontrada debajo de un ropero, que había querido mover y que se le vino encima, dejándola lastimosamente desfigurada por lo cual, a pesar de que no había un solo pariente para disponer de los últimos detalles, esas gentes impersonales y hostiles que la metieron en una caja de pino sin barnizar tuvieron la delicadeza de cubrirle el rostro, antes de clavar la tapa, con un pañuelo de hilo que apresaba en la mano derecha engarrotada. Eso me contó la criada que todavía le quedaba y que fue la única presente en el último momento. Lo demás es pura literatura, pero dicen que ése es mi oficio y uno hace lo que puede. Tener un pulmón y medio no es raro cuando se tiene además un hermano gemelo. En Inglaterra me habían diagnosticado tuberculosis galopante y una muerte próxima. Aquí el doctor me pidió que hiciera la historia de mi vida desde el más antiguo recuerdo que guardara en la memoria y, de ser posible, desde antes. Cuando le dije que tenía una hermana gemela no me dejó seguir hablando. Ella tiene la otra mitad de mi pulmón izquierdo. El personaje, que por un instante soy yo, hace un catálogo imaginario de recuerdos de infancia y se descubre, con sorpresa, un humor negro insospechado y una temprana afición por las pequeñas historias grotescas. Por ahora basta. Novela de Richard Hughes: *Tempestad sobre Jamaica* o *Un ciclón en Jamaica.* Experiencia de Emily, evocada por Sartre en relación con Baudelaire. Algo así como: y le vino de repente la idea fulgurante de que ella era *ella.* Emily, cuando jugaba a hacerse un cuarto en un rincón cobijado en la proa del navío, se descubrió como ser singular, único, distinto. Emily se supo una persona. El personaje tendría también una memoria literaria que ya debería ser evidente a estas alturas, si la novela estuviera siendo escrita. Es por esa memoria literaria, tan entrelazada con la personal que es difícil separarlas, que evoca una novela llamada *Tempestad sobre Jamaica,* los peligros del mar, los gritos de los ahogados, los antiguos naufragios castigo de los dioses y que piensa igualmente, como si se tratara de recuerdos, en los barcos apresados para siempre en el Mar de los Sargazos. El mar = *res nullius* = cosa de nadie. Aunque quizás el hecho de estar de vacaciones debería excluir cualquier imagen de naufragio, así como las inútiles intromisiones de escenas violentas (vuelvo a lo mismo). Suprimir definitivamente, por ejemplo, un incidente que, de entrar en la memoria del personaje aunque fuera por relato ajeno, podría volverse obsesionante: una perra, atada a una rueda de la fortuna (que no sería la de Lowry), es golpeada al final de cada vuelta, cuando la rueda desciende, por el operador del aparato, que la castiga así por haber lamido los restos de su cena. Shot para una película expresionista empeñada en enseñar todo el horror de los circos, las ferias y demás espectáculos donde se pretende ofrecer al público un muestrario hilarante del mundo. Basta con sentarse en un balcón y ver pasar la vida. Cada vez se aleja más la posibilidad de contar una historia. Alguien tendría que estar siempre agazapado, tomando fotografías sin ser visto, con una Rollei 35. Me gustaría que fuera también una mujer y que su presencia en el hotel resultara enigmática. Nadie la habría visto en el comedor ni en las albercas y, sin embargo, todos vivirían pendientes de su posible aparición en cualquier momento, como una amenaza informulable pero sutilmente sádica. Dejarse tomar una fotografía, en esas condiciones, de trasmano, es vender un poco el alma. *Elle a les cheveux roux et s'appelle Sabine.* La localización frente al promontorio que podría servir de escenografía para el Hamlet y el ruido del mar. El silencio del mar = la inmovilidad del mar. ¿No te parece un poco absurdo venir a París a buscar caracoles?

111

24 Rue Bonaparte. Es mi nostalgia del mar. No me digas que no llueve en tu novela. Te diré, al contrario, que hace mucho sol y ocurre en mayo, la época en que las flores están en su plenitud. Si abril es el mes más cruel, mayo es el más inocente, el más inofensivo. El signo de Tauro está ligado a la tierra, a Venus, a la fertilidad. No olvides que el Toro, en la mitología griega, se asociaba íntimamente a Poseidón. *En el mirador* es un proyecto de novela que hubiera podido intitularse *El día séptimo,* concebida por un personaje sin proponérselo, frente a una escenografía hamletiana y que, en la fantasía de ese personaje femenino, cuya figura opaca es codiciada a la vez por dos narradores que la ven como una pantalla en blanco capaz de proyectar todas las imágenes, empieza así: "No estoy aquí, estoy en otra playa, hace veintidós años." ¿Que cuál es la historia? ¿Es una novela sin historia? ¿Es un continuo por donde pasan muchas historias, historias casuales que coinciden por el azar de una mirada o de una memoria? Ninguna historia importante. Las rosas siempre han tenido cierto parentesco con el mar, pero no me preguntes por qué. Los poetas te comparan con la noche y te dicen más hermoso que la noche ¡oh mar! El promontorio es una roca alisada por el mar. Limpiada por el mar. Abrazada por el mar que la hace suya. Infinitamente gastada por el mar. Darwin ve cómo se esconde, bajo el horizonte, el último faro de Inglaterra. Yo, en un barco que sale de Acapulco, veo

con angustia y con alivio, cómo se pierde a lo lejos la última luz del faro de La Roqueta. Plymouth, 1831. Acapulco, 1971. El océano es pesado y denso entre las costas de las Islas y el Golfo de Vizcaya. El Atlántico es gris e inmenso. De noche se ven, lejanas, luces de faros que señalan islas. ¿Madeira? ¿Las Canarias? Tu abuelo hacía escala en Santa Cruz de Tenerife. La experiencia de acercarse a un puerto desde el mar. Cuando se atraviesa el Ecuador, las aguas se aquietan. Hay delfines y múltiples aves marinas. Un barco puede ser el más confortable de los refugios, la más amable de las moradas cuando el océano y el viento no lo acosan demasiado. Mirar el mar desde un navío de bandera inglesa llamado *The Beagle,* cuando expira el primer tercio del siglo xix. Mirar el mar desde la terraza de un cuarto llamado *El Mirador,* en un hotel de Acapulco, prendido de acantilados escarpados, en un paisaje que semeja al del litoral atlántico de las pequeñas Antillas, ese litoral inhóspito, expuesto a los vientos, que no admite cercanía de barcos ni de hombres, al principiar el último tercio del siglo xx. Inútil buscar coincidencias. Se trata de dos océanos distintos y de dos situaciones esencialmente diversas. Diferencia fundamental: encontrarse apoyado en la barandilla de un bergantín inglés en travesía alrededor del mundo para realizar una misión cartográfica en la que él, Darwin, tiene asignado un papel muy concreto: observar especies animales, vegetales y minerales; recoger especímenes y clasificarlos. En una palabra, el personaje apoyado en la barandilla del *Beagle* es un naturalista que sufre mareos y espera con ansiedad el próximo descenso a tierra. El espectáculo del mar no es comparable para él al singular deleite de sentirse rodeado por el silencio inmenso de la selva tropical vista, en Brasil, por primera vez. Mirar el mar desde la terraza de un hotel en Acapulco, frente a un peñasco espectacular, puede ser un hecho trivial, sin mayores consecuencias o puede llegar a tener, si se dan circunstancias imponderables, consecuencias casi metafísicas y peligrosamente literarias. La existencia imaginaria de un libro en la fantasía del personaje que mira el mar desde la terraza es una manifestación insuficiente pero sugestiva de esas implicaciones todavía, por lo demás, inciertas, vagas, nebulosas, anticipadas sólo por el ensueño que propicia una luz demasiado intensa y un sol tropical de media tarde. Un dato que podría explicar, si no justificar, la asociación entre el personaje del *Beagle* y el de la terraza: aquél tiene, al apoyarse en la barandilla del buque que se aleja de Plymouth, veintidós años. ¿Tomarás nota de todo esto? ¿No llevas un cuaderno de apuntes? Me parece inexplicable que puedan apasionarse tanto por algo que es lo menos importante del mundo. ¿Es imposible, entonces, que las cosas cambien? Un arcángel de Leonardo, un bailarín del Bolshoi, un profesor de poesía, todos a una como en Fuenteovejuna, lo dicen en coro, con ojos iluminados y tono profético: *"Aquello que ha sido es lo que será;*

y lo que se ha hecho, es lo que se volverá a hacer;
pues no hay ninguna cosa nueva debajo del sol."
Y yo les digo: *"Todos los ríos van al mar... al lugar*
donde van los ríos, allí mismo vuelven a ir. Oremus."
Ellos y yo nos aprendemos de memoria las mismas
palabras del Eclesiastés y las decimos sin convicción,
con el sonsonete de una letanía. Siempre hubo, hay
y habrá cadáveres de ahogados que flotan en el mar.
El recuerdo, que se configura de súbito, se baraja
en tres imágenes procedentes, respectivamente, de
un poema de William Butler Yeats, una película
de Bergman y un cuento de Gabriel García Márquez. También atraviesan la memoria, para desvanecerse en seguida, el náufrago que en un poema
de Pacheco pregunta por los muertos y las voces de
los ahogados que, en palabras de Dylan Thomas,
nadan en el viento. Pero la narradora que aspira a
convertirla en personaje hamletiano puede atribuirle,
además, el rostro (¿recuerdo o anticipación?) de
una Ofelia flotante entre lirios de Gallé y vapores
tenues, una Ofelia a la Gustave Moreau. La fantasía se extiende a la evocación de blancos cadáveres
a la deriva, capaces todavía de soñar la muerte en su
tránsito hacia el abrigo de las profundidades abisales.
Esos cadáveres blancos, todavía soñadores, son como
es de esperarse cadáveres de mujeres jóvenes en-
vueltos únicamente en largas cabelleras vegetales
hechas de medusas de mar. ¿Sabías que el castillo
de Drácula está frente al mar? Ahora se organizan
excursiones *ad hoc,* que transportan de noche a los

115

viajeros en un viejo carruaje, bien provistos de cru-
cifijos y de ajos, y les enseñan, al sonar las doce, la
tumba vacía del vampiro más famoso de la historia.
Spotlight on Dracula. Y en Montego Bay, uno puede
visitar la mansión de Annie Palmer, la bruja blanca,
la mujer que asesinaba a todos los que se atrevían
a amarla y que todavía hoy se pasea entre las paredes y más allá de las paredes, por los jardines
posesionados de su espíritu. En la planta baja de
Rose Hall hay un simpático bar donde se consumen
los mejores Planters del mundo, confeccionados y
servidos por bellas jóvenes ataviadas a la usanza de
los primeros colonos. Es bueno que se desmistifique
el misterio. Ahora los brujos se dejan fotografiar
en sus convenciones y salen en la portada de *Time.*
El secreto del satanismo al alcance de las masas.
Con ese turbante te pareces a un retrato de Ingres
o de Delacroix. ¿No ha leído usted *El exorcista,*
Monseñor? Cuando me dijiste que tenía treinta y
cinco años no creí que fuera de veras un infarto.
Yo lo admiro muchísimo; lo sigo de cerca; no vaya
usted a defraudarnos. Ha ganado un millón de pe-
sos en regalías y por eso los envidiosos de siempre,
los enanos, se mueren de envidia. Ya me explico
por qué ha llegado a donde está. Se cayó en la calle
y lo llevaron al 20 de noviembre. No le encontraron
identificación: traía un teléfono anotado en un papel y allí hablaron; era una conocida mutua que
a su vez me habló a mí; yo le hablé a su mujer,
pero ella no se atrevió a ir al hospital. Tú despre-

ocúpate y vete a nadar a Cozumel: hay problemas que resolvió el tiempo y otros que ya resolverá el tiempo. Somos amigos, sí, pero es indudable que. A esto le llamo yo surrealismo. Massaccio no es Fra Filippo Lippi. A mí me dijo una vez Diego. En el fondo es muy ingenuo, muy romántico, muy eslavo si es que me explico. Uno puede pasarse años, hacerse un nombre a pulso, y de repente. Todas las mujeres de esa familia son igualmente malignas. Son muchos los llamados y pocos los elegidos. Estaban discutiendo y una de ellas, sin que ninguno de los presentes pudiera evitarlo, agarró a la gatita y la tiró a la chimenea (las brasas estaban calientes), luego la levantaron (la gatita, que era siamesa, daba unos gritos) y se pusieron a curarle las quemaduras y a apapacharla. Sabes que no me gustan los animales pero no sería capaz. La muchacha salió temprano a barrer la calle y se encontró un recién nacido colgado del colorín, ahorcado. Eso sucedió a tres cuadras de aquí. En París los echan por las alcantarillas. Ese dibujo del Spagnoletto que tengo encima de la chimenea vale fácilmente cinco millones, pero no lo vendo. Todos los caminos llevan al infierno, lo que equivale a decir que llevan a Roma. Vivimos una época difícil, dijo. Y añadió: como todas las épocas. Es un cuadro que encierra el universo: *I simply had to take it home*. ¡Son tan sentimentales los anglosajones! Me han dicho que en Nueva York ya no está de moda el Art Nouveau. ¿Qué puede decirse de una pintura don-

117

de flotan en el vacío los restos prófugos, precarios, de lo que hubiera podido ser una espléndida naturaleza muerta? Kafka no hace más que resumir toda la angustia metafísica de la inteligencia eslava que se venía acumulando desde los últimos lustros del siglo pasado. *Dejemos que las señoras hablen de Miguel Ángel.* ¿Pasamos al comedor? El sol es el peor enemigo de los fantasmas y de los ensueños. Insisto en que las cuatro de la tarde es una hora que excluye el misterio, rechaza cualquier fantasía de viaje, niega los trasmundos y reduce el campo de visión a unas cuantas cosas concretas sin ninguna aureola. Precisamente. Por eso el personaje se esforzará en vano por recuperar una visión supuestamente vivida en un instante que alguien, fuera de la novela y no familiarizado con su estructura mental, por no decir su psicología, caería en la tentación de llamar místico, o aun mágico o iluminatorio. Todo se reduce a esto: el personaje cree haber encontrado el sitio donde le gustaría vivir el resto de sus días. O bien, imagina haber descubierto por fin un lugar del mundo habitado por la grandeza. Le repugnan un poco tales palabras y las tacha apresuradamente con un trazo grueso de la pluma verde de la narradora que, sentada en los escalones del promontorio, la imagina y cree inventarla. El personaje no ha estado en Grecia. Sabe que allí algunos escritores han tenido la impresión de tocar lo sagrado. Recuerda frases que describen un cielo incomparable o una luz que no parecería de este mundo. La sensación

118

del peñasco es otra. Los dioses no se han aposentado nunca en este extremo de la tierra. Tampoco los héroes. Se trata tan sólo de un punto de la costa del Pacífico a la altura de Acapulco, un lugar donde el litoral emerge bruscamente del mar en una serie regular de acantilados de violenta pendiente. Diversas construcciones de un hotel de primera clase han sido levantadas en épocas sucesivas, desde hace aproximadamente cuarenta años, en plataformas naturales o artificiales tendidas sobre los acantilados o en rincones propicios, como nidos dispuestos a recibir parvadas de aves marinas. Desde las mejores habitaciones es visible el promontorio. Hay días en que el mar se embravece y las olas desmesuradas bañan los arrecifes y la plataforma de concreto construida sobre las rocas que une el gran peñasco al hotel, como esos estrechos brazos que ligan las penínsulas con la tierra firme. ¿Puedo afirmar, pues, que la naturaleza de la visión que ha tenido esa mujer no es una experiencia de lo sagrado? ¿Será, acaso, una vivencia puramente estética? ¿Podría aventurarse que es, a la vez, una búsqueda y una huida? Cuando cree haber percibido algo excepcional en el paisaje visible desde su habitación y al que ha dado en llamar "la escenografía", los dos elementos naturales que lo integran, una roca de forma y dimensiones impresionantes y el mar, adquieren una realidad tal que podría pensarse en la realidad de un sueño. ¿Es ésa tu intención? Sólo puedo decir que la naturaleza de la experiencia no

119

importa. La naturaleza de la experiencia es decisiva, porque de ella dependerá el carácter mismo del texto que urde el personaje mientras mira el mar. De ello dependerá que podamos clasificar esa novela y darle el lugar que le corresponda dentro de las tendencias de la narrativa mexicana contemporánea. Soy todo oídos. Pregunto: ¿será el relato de la búsqueda y el encuentro de un absoluto, o de la búsqueda de un absoluto, que no se encontrará jamás, o del encuentro sorpresivo de un absoluto que ni siquiera se había buscado o acaso la vivencia que el personaje pretende repetir no tiene nada que ver con lo absoluto y sí con una necesidad puramente subjetiva de interrumpir por un lapso indefinido la secuencia obsesionante del tiempo, rota ya de cierta manera por el solo hecho de encontrarse pasando unas vacaciones en el mar? Existe otra alternativa: lo que el personaje supone haber visto en un instante de concentración intensa no es un objeto de la naturaleza particularmente bello ni una proyección, en ese objeto natural, de un afán de encontrar el objeto perfecto, añorado sin saberlo. Digamos que el personaje, al mirar el mar, se mira. O que lo que mira es el acto de mirar. El personaje tiene cierta memoria literaria, pero sería un error atribuirle en algún momento, por ejemplo, la evocación de otro personaje que también contempla el mar, justamente a mediodía y a orillas del Mediterráneo. Este personaje asomado a una terraza en Acapulco no ha ido a Grecia, como ya se ha dicho, pero tampoco ha leído *El cemente-*

rio marino. El mar que mira no es el símbolo de la conciencia humana. La mirada que dirige al mar no es una mirada metafísica. Su intuición de un libro posible es atropellada por un tropel de recuerdos, de imágenes, de palabras que restan toda serenidad a la contemplación y descartan las posibilidades de éxtasis que estarían latentes, es de suponerse, en una situación ideal como la que se le ha preparado a ia mujer de la terraza. No hay, en su fantasía, delirio sino confusión y en aquellos de sus rasgos que son de la responsabilidad del novelista agazapado en *El laberinto,* las inclinaciones hacia el sueño, el ensueño, el frenesí o la tentación de la locura son prudentemente frenadas por el buen sentido y la mediocridad de aspiraciones. La confusión del lector deberá superar, en este punto de la novela, a la del personaje: tendrá que perderse entre la multiplicidad de las máscaras, los rostros y las voces para encontrar, si es que lo encuentra, un indicio caricaturesco de su propia imagen. Te equivocas. El lector, para entonces, habrá abandonado la lectura dejando de ser, en consecuencia, el ·lector. Ahora bien, en el caso improbable de que se haya dejado devorar por la avalancha de palabras que constituirán el supuesto discurso novelesco sustitutivo de esta auténtica secuencia narrativa a la que tiene derecho a aspirar todo lector de novelas, es decir, si se ha dejado hipnotizar por las palabras, entonces se encontrará él mismo al borde del precipicio, exponiendo su propia identidad y yo diría que aun su

121

vida, para compartir en la terraza de un mirador en Acapulco, la dudosa, ambigua, indecisa suerte de una mujer que ni siquiera tiene nombre. Traerás el retrato de la madrina y lo pondrás en la sala. La han retratado con sus perlas y el pequeño sombrero blanco y el velillo y las plumas. Unas plumas son rojas y otras son verdes. El retrato ha sido pintado exclusivamente para entrar en la novela: por lo tanto no existe pero haremos como si existiera. Sigamos adelante. Uno acaba por vivir con esos fantasmas. No podría deshacerme de ninguno. Son como mis hijos. Si un día se llevaran los cuadros yo empezaría a secarme, envejecería cien años en un instante o me tiraría por la ventana. Muy bien, pero no se te olvide que ese cuadro no existe, que es puramente imaginario y que, por lo tanto, no se supone que te lo apropies demasiado. Bastará con ponerlo en la sala y mirarlo de cuando en cuando. Antes, sería conveniente cerrarlo, darle un límite, rodearlo con una seda color ostión o quizá verde o quizá gris y, alrededor de la seda, con un marco que respete el óvalo que sin duda significa algo para el pintor porque es la primera vez. Tú conoces su obra, esos viejos que contemplan la muerte, con el rostro casi morado, esa obsesión fúnebre. Y ahora esta mujer que parece un retrato impresionista, sobre un fondo color salmón. Es un retrato muy triste. Es un retrato descuidado, hecho en media mañana para completar la exposición. Y sin embargo. El esguince de la boca. Los ojos un poco nublados.

Es el retrato de una anciana muy *convenable*. ¿Una anciana? Yo pensé en una mujer de cuarenta años con los ojos un poco húmedos. Es el retrato de una mujer solitaria, de mediana edad, cuidadosa de su apariencia aun en la soledad de las mañanas. Podría llamarse Mrs. Harris. Se llama Clarissa Dalloway. Es Clarissa Dalloway, muchos años después de la fiesta. Pero no has leído a Virginia Woolf. ¿Por qué son tan pocas las mujeres que sienten la necesidad de crear? ¿Por qué, si él nunca pinta rostros de mujer, ahora? Estaba arrumbado en la galería, entre otros cuadros que nadie comprará nunca. Yo necesito rodearme de pintura. Yo, en cambio, tengo tan poca sensibilidad plástica que sólo me gustan los cuadros literarios, esos que los críticos desprecian. Un estrépito que destruya al mundo o un largo lamento silencioso. O una húmeda mirada melancólica. Sólo yo podía haber comprado este cuadro que había sido hecho, sin que él lo supiera, para mí, pero no olvidaré que es un cuadro imaginario. Lo tendré en cuenta siempre y, cuando lo mire, me perseguirá la sonrisa morada del viejo que ofrenda entre las dos manos su propia muerte. Allí comen los dátiles frescos, los higos, la miel. Uno creería estar en Grecia y es un pedazo del litoral de México. La larga playa. Loreto. Mulejé. Hicimos un año, un mes y cuatro días para llegar a Nueva York. Habíamos salido de Baja California. Era un barco demasiado pequeño, sin condiciones. Pero no he querido a ningún otro barco como quise a ese barco. Vamos a hacer una prueba psicológica. En este momento empiezo a contar un minuto. Cada uno de ustedes me dirá cuándo cree que ha terminado el minuto. Empezamos. Quieres hacer las cosas demasiado rápidas. Te aceleras demasiado. Ya pasó el minuto y tú no has dicho nada. No podría decirte. Un minuto puede no terminar nunca. Yo, por ejemplo, estoy escribiendo una novela sobre el minuto más largo que ha registrado la historia literaria y no podría decirles qué ocurre en ese larguísimo minuto ficticio que es sin embargo, lo aseguro, un minuto espléndidamente verdadero. Eso es un juego y lo que yo propongo es una medición seria, categórica, del sentido de la realidad de cada uno de ustedes. ¿Aquí también están hablando de la muerte? Yo cultivo lavanda en el jardín. Es curioso: en aquella mesa también hablaban de la muerte y el otro día en una cena... Parece a veces que hay ciertos temas que flotan en el aire. ¿Eso decía Jung del inconsciente colectivo? Siempre es interesante hablar de la muerte, cuando se está de sobremesa. Te invito a jugar una partida de ajedrez. ¿Por qué pierde usted en ajedrez, señor? Esa película de Bergman es la mejor versión de un grabado de Durero que he visto en Heidelberg. *Zum Ritter*. La muerte y el caballero se juegan al ajedrez frente al mar (un mar bravo y sombrío de la costa nórdica) la vida del caballero. En Heidelberg, sabe usted, llueve todo el tiempo y hay un castillo y una avenida del otro lado del Neckar, para que se paseen los filósofos. Pero ¿y el grabado? *Ritter*

124

Tod und Teufel. Sí, en el grabado está también el diablo pero en la película, que para mí es una versión de ese grabado, el caballero se niega a verlo en los ojos alucinados de los penitentes o de la niña bruja que unos soldados queman en medio del bosque. Cuando yo estuve en Alemania oí una misa de Beethoven. (?) Hasta en la Oda a la Alegría hay espectros y gusanos. Pero Beethoven es la redención del espíritu por la música. Todo lo demás no cuenta. Todos los pecados se redimen con la música. *Peace and joy flow as kindly as the tide of waves.* La música es para entregarse, no para pensar. La música te debe agarrar inerme. Esta mezcla de coro y piano, de violines. Y se acabó. Punto. Sublime. Es un descubrimiento. La innovación está en la estructura. Pero eres demasiado clásica. Tienes que dejar fluir el idioma. Volverte más flexible, menos solemne. Aprender a escribir historias de amor. El hallazgo de sí mismo, eso es lo sublime. Y sin embargo es bastante mozartiano. Hay partes de la Tercera Sinfonía textuales de Mozart. Eleonora, Egmont son Mozart. Recuerda el verso de Schiller: *Even to a worm ecstasy is granted.* Hasta al gusano le es dado el éxtasis. O le ha sido concedido o le ha sido otorgado. O tiene derecho a. Pero seguramente es más elegante decir que a alguien, verbigracia un gusano, le es dado el éxtasis. La Fantasía Coral tiene una alegría más espontánea. La Oda, fíjate bien, es demasiado espectacular. Piensa en el tercer tiempo de la Eroica. Pero aquí está todo: el sosiego inte-

125

lectual, la creatividad. Recuerda el verso de Schiller y olvídate de los post-beethovenianos. Pero Wagner. Yo diría, más bien, pero Vivaldi: Beethoven es un clímax. Sin embargo, hay algo en él excesivo, desmesurado. Cuando uno regresa a Juan Palestrina. Toda la Edad Media arrastra la música bizantina y gregoriana. Después viene el barroco. Vivaldi, Albinoni. Ellos crearon la Declaración de los Derechos del Hombre. ¿No has vuelto a oír la Sinfonía de los Adioses? ¿El Oso? ¿La Sinfonía del Reloj? Voy a leerles un poema erótico. De John Donne. ¿Qué prefieren como música de fondo: la Pequeña Música o la Sinfonía de Leningrado? No seas bárbaro. La Pequeña Música por supuesto. El marco va a salir muy caro pero vale la pena. ¿La seda será por fin color ostión o verde botella? El poeta, antes de irse a la cama, le dirige a su amada una elegía. Y me dijeron que era un poema pornográfico. *Even to a worm*. En una calle de Stalingrado, un soldado alemán toca la Apassionata. El piano de cola estaba abierto a media calle, entre los restos de casas, de muebles, de animales y de hombres. En las paredes, telas adheridas, sucias de sangre. Cañones y dinamita. Era un soldado raso. ¿Y eso qué tiene? Todos los alemanes saben tocar a Beethoven. Quitar las comas, los puntos, los puntos y comas, todos los signos de puntuación, de interrogación, de admiración y dejar ese fluir sin trabas del discurso interior. Darle un poco de trabajo al lector. Perdóname, pero mi *stream of consciousness* es muy ordenado: yo pienso con puntos y comas. No me digas que a estas alturas estás escribiendo una novela psicológica. Esa fruta no es una fruta. Es el ser ahí del objeto, de cualquier objeto, es la cosa en sí. Es el triunfo del ser en el cosmos. Yo siempre había pensado que era un pintor surrealista, pero si lo dijo Breton. Las mujeres, al contrario de lo que afirmas, no buscan jamás un absoluto. Sólo los hombres, por ejemplo, se atreven a amar al mar. Las mujeres lo temen. Saben que les ha robado a sus amantes, a sus padres y a sus hijos. Saben que el mar es una grieta abierta en la corteza del mundo por donde se escapan los sueños, las cosas que se han perdido, los ausentes. Las quimeras, las sirenas son inventos de hombres. Ninguna mujer se dejaría fascinar por el mar. Se dejaría tentar por el mar. Tu personaje es, pues, sumamente improbable. La mujer que yo veo mirando el mar está impregnada de recuerdos marinos, teme el encierro de las ciudades rodeadas de montañas, aprisionadas en las mesetas o cobijadas en el fondo de los valles. Sólo por eso no quiere volver. Sólo por eso se obstina en mirar, a las cuatro de la tarde del último día de unas breves vacaciones, un promontorio de regular altura situado frente a un lugar de la costa, en Acapulco. No he dicho que busque algún absoluto. Sólo he dicho que mira el mar y que, al mirarlo, se mira. El mar es su espejo. *"Cuando llegó a la orilla del inmenso mar, se vio en las aguas como en un espejo"* (Poema de Quetzalcóatl). Si soñara soñaría que habita una casa abierta al viento que viene del mar, barrida todos los días por el mar, salobre y azul como el mar, anclada en la arena de alguna playa del Atlántico o varada entre arrecifes del Océano Pacífico. El mar es simplemente el mar. Hace tiempo, en un sueño, estoy parada en un balcón como ahora en esta terraza. Las puertas del balcón o, más bien, las ventanas que dan al interior, están cerradas. Una mujer me mira y yo la miro. Para las dos es igual que si nos estuviéramos mirando en un espejo. Existe la posibilidad, que me seduce, de que esto también sea un sueño. De cualquier manera estoy un poco aturdida y me parece que el funicular se ondula peligrosamente mientras va subiendo hacia los acantilados más altos. El sol de las cuatro de la tarde en Acapulco excluye quizá los espectros pero no las alucinaciones. Los acantilados se diluyen suavemente en el temblor que rodea al funicular; el litoral escarpado se vuelve una larga playa desierta, a las doce de la noche, con las barcas del verano volteadas sobre la arena húmeda y pedregosa y cubiertas por gruesas lonas impermeables. Las casas, frente a la playa, están cerradas y vacías. Nadie habita aquí en el invierno. Una pareja solitaria recorre lentamente la larga faja de arena, cobijándose del viento cortante bajo una manta que los protege a los dos, de modo que si alguien los viera sólo divisaría un bulto moviéndose a un ritmo irreal y sincopado, como flotando por encima de la arena. Detrás de las persianas entreabiertas de una sola ventana, la luz de una lámpara rompe la ne-

128

grura espesa de la noche. Una anciana abre la puerta, como si los hubiera estado esperando, pero ellos siguen su camino y se pierden en la noche del mar. Ancón es una playa fría de la costa peruana. En esta noche de invierno, es un balneario abandonado donde se pasean las sombras de dos desaparecidos en un olvidado maremoto. Y yo soy, en Acapulco, el único testigo de la escena. Diré que estoy escribiendo una novela terrible y me lo creerán cuando les cuente que es la historia de una mujer sin historia que no puede dejar de contemplar el mar. Me dirán entonces que el mar es efectivamente un sitio donde suelen suceder graves ocurrencias y un lugar propio para esas grandes decisiones que todos hemos de tomar alguna vez en la vida. Me quedaré muda, porque no sabré explicar que no había pensado en eso y que no sé si esa mujer tomará alguna decisión y menos si se tratará de una decisión grande o de trascendencia para ella misma o para alguien. Esa novela que estoy escribiendo es la historia de una mujer tentada por el mar. Trataré de contarte de qué se trata. En realidad es una vieja historia, que se habrá repetido quién sabe cuántas veces. Ella tiene miedo de quedarse y miedo de irse. Si algo distingue a esta historia de otras parecidas es sólo que ella, la mujer, imagina la posibilidad de escribir una historia sobre una mujer que mirara al mar sin decidirse a abandonarlo. Tiene la fantasía de poder llegar a ser su propio personaje y, de esa manera, cumplir un destino que, lo percibe oscuramente, tiene

129

algo que ver con el mar. A la vez dos narradores, una mujer y un hombre, se obstinan en hacer de ella el personaje, en un caso central y en el otro marginal, de dos novelas de las cuales sabemos muy poco. Digamos, metafóricamente, que los dos intentan apoderarse de su alma. Ahora bien, en mi novela ella tiene recuerdos, reproduce imágenes, proyecta historias que se justifican por una herencia y una infancia estrechamente ligadas al mar. Debo advertir que, eventualmente, se cuelan otras voces, se deslizan personajes y ocurrencias que podrían acabar por imponérsele y llegar aun a desplazarla. Por momentos, no alcanza a distinguir su propia voz de las otras voces que se posesionan de su memoria, de su voluntad, de sus anticipaciones, de sus temores y de sus deseos. ¿Y el lector? ¿Hay claves visibles? ¿Hay puntos y apartes, diálogos, signos que permitan descifrar esa proliferación informe de voces, de historias, de personajes? El texto es un largo continuo y sólo pequeños cambios de tono, quizás imperceptibles, de matices, de intensidades señalarían esas transiciones. Pero no importa porque mi personaje, como todos los seres que participan de ese delirio inexplicable que se manifiesta por una tendencia sin freno y sin límite a vertir el mundo en palabras, tiene una identidad compleja, confusa, múltiple, ambigua, desdoblada. Es, por así decirlo, un figurante capaz de representar todos los papeles y ese agregado polivalente que pretende transcribir su discurso es lo que más se acercaría, dentro del convencionalismo

130

inherente a toda ficción, a la verdad de su naturaleza incierta, de su rostro sin facciones que encubre tantos rostros. Entonces me acordé. Él tendría quince años. Aquella noche llegó la guardia civil. Venían a sacar al padre de la casa y quiso acompañarlo. Los guardias no se opusieron. Al amanecer los fusilaron a los dos en el patio del orfanatorio, después de haber puesto en fila a todos los niños para que presenciaran la ejecución. Gabriela vivía en una gran villa en Nápoles. Cuando me despedí tuve la sensación de que no volvería a verla y por eso le dije: Nos veremos pronto, Gabriela. Ella me contestó: Nos veremos en el Valle de Josafat. Y yo me fui alejando por la avenida, entre las dos filas de palmas datileras, por la avenida que había atravesado hacía unas cuantas horas con despreocupación y ligereza y que ahora recorría con un lastre de inmensa melancolía, y oí cómo se perdía, cada vez más distante, su voz que seguía repitiendo: nos veremos, Fernando, nos veremos. En esos jardines del Sur de Italia hay perfumes penetrantes, como en los parques españoles. Percibí la inconveniencia de que sus palabras se quedaran así flotando, apresadas y envueltas en un aroma que era tan ajeno al alma de Gabriela y entonces empecé a correr para llegar más pronto al mar, antes que aquel perfume malévolo me las arrebatara y cuando llegué sentí un gran alivio y comprendí que el mar las recogía y podía dejarlas confiadamente en su custodia. Quiero que leas su novela. Tienes que leer su novela. Yo no puedo zafarme

131

de la secuencia cronológica y me entrego a ese rejuego con el lenguaje que es mi manera de hacer literatura. Tú, en cambio, tienes ese clasicismo, esa severidad, esa distancia. Él es la irrupción de la vida, de todo lo que hace la auténtica vida, el corazón y los testículos, la ternura viril y el sexo y el erotismo y la política y el cerebro y todo eso junto hace una espléndida novela. Tienes que leer ese libro. Te lo llevaremos mañana. Pero ustedes se equivocan. Yo no estoy aquí. Estoy en otra playa, hace veintidós años y nunca he leído una novela. Estoy en una playa gris del Atlántico y estoy en una terraza de Acapulco donde, en este momento, a las cuatro de la tarde del domingo 8 de mayo de 1971, represento a las mil maravillas el papel de una desconocida que mira el mar sin saber que busca, inútilmente, una imagen suya que desde hace veintidós años se ha quebrado en mil pedazos, como suele decirse, mil pedazos que sería vano tratar de volver a armar en el rompecabezas de una novela. Había en el pueblo, dijo, una especie de parque central lleno de árboles y un como quiosco o pérgola donde tocaba una banda los domingos. Yo tenía entonces unos ocho o nueve años. La banda seguía tocando los domingos pero las demás noches de la semana fusilaban. Pasábamos a ver si no había entre los muertos alguna cara conocida. Lo hacíamos naturalmente. Era algo que ya formaba parte de la vida cotidiana. No nos impresionaba. No hacíamos aspavientos. Nuestra casa estaba en medio de un bosque donde había álamos

132

y helechos y conejos. A veces sólo quedaba una huella de sangre seca, que dejaban los cuerpos, cuando ya los habían retirado y uno se preguntaba de quién sería la sombra, la huella seca, impersonal y anónima. Entonces sí nos sobrecogíamos un poco. Ahora es que he vuelto a acordarme. Me pregunta qué consecuencias puede tener para la convivencia humana el hecho de que exista una tendencia agresiva innata en el hombre. Pero ¿es la agresión efectivamente innata? Freud, Adler y Lorenz nos dan respuestas muy diversas. Hemos venido a preguntarle qué piensa usted de la agresión. Díganos si la violencia es producto, únicamente, de hombres frustrados, insatisfechos. Díganos si el ser humano va a cambiar algún día. Díganos si ya ha cambiado. Piense muy bien su respuesta porque será muy fácil incriminarlo para siempre y calificarlo sin miramientos como extremista de derecha o de izquierda. ¿Cree usted en el progreso? ¿Tiene fe en el destino de la especie humana? ¿Haría suyas las famosas palabras que dijo Faulkner en Estocolmo? ¿Cómo? No es posible que no las recuerde. ¡Vamos! Los escritores tienen buena memoria. ¿Usted no se considera escritor y menos intelectual? Debo advertirle, una vez más, que todo lo que diga ahora podrá ser utilizado en su contra. Es un privilegio de quienes ejercemos el sagrado oficio de informar a los demás. Le refrescaré la memoria. Faulkner dijo: *I believe man will not only endure: he will prevail*. Ésas fueron sus palabras. Si ésas fueron sus palabras puede usted decir que. Pasemos a otra cosa. ¿Escribes, pues, si he entendido bien, una novela acerca de un personaje que, mirando al mar, se imagina escribiendo una novela que le permitiría recoger los pedazos de una identidad dispersa en los fragmentos de muchas identidades, quizá desde hace veintidós años, quizá desde siempre? ¿Escribes un libro sobre una mujer sin cualidades o cuya cualidad única sería la de ser, frente a todo y frente a todos, el espectador que se limita a registrar y a recordar? Evidentemente, hay algo de todo eso, pero. Por ahora me interesa consignar que ese personaje es, a la vez, mío y de otros dos narradores que son, también, mis personajes. Yo diría, entonces, que los tiempos de la novela son múltiples: el tiempo en que yo escribo esta novela; el tiempo en que el personaje que mira el promontorio proyecta una novela que giraría en torno a una visión excepcionalmente intensa del peñasco y del mar y, sobre todo, el tiempo en que pretende encontrarse con su imagen, es decir, ser su propio personaje. Sobre estos tiempos incidirán el tiempo de una narradora que la contempla desde los escalones del promontorio y el de un narrador que la mira también, dudando si acabará por hacerla o no su personaje, desde un cuarto llamado *El laberinto*. Los tiempos de los demás huéspedes del hotel rozan, en puntos tangenciales, la duración de esa mirada infinitamente abierta sobre sí misma que es el núcleo de referencia céntrico, el que debe regir el tiempo y la mirada del lector, en relación con esta novela. Las dimensiones del tiempo a las que remite la memoria son inconmensurables y el milagro del discurso es hacer que coincidan, a las cuatro de la tarde del 8 de mayo de 1971, el tiempo de un personaje femenino, atraído irremediablemente por cierta perspectiva sobre el mar, en Acapulco; el tiempo de Charles Darwin a bordo del *Beagle*, bergantín inglés, al cerrar el primer tercio del siglo XIX; el de un viajero norteamericano que recorre el Caribe en las postrimerías de esa misma centuria; el de una mujer joven afectada por una enfermedad de los pulmones pendiente de diagnóstico que se dispondría a hacer, de Acapulco a Vancouver, el recorrido que hiciera en 1947 Malcolm Lowry de Vancouver a Acapulco, aunque Acapulco no fuera en aquel viaje más que una escala obligada, pero casual, en un largo itinerario marítimo con destino final en Inglaterra; el tiempo de Almut, una alemana triste, que habría muerto de tuberculosis en Davoz si no hubiera sido porque; el tiempo de una fotógrafa que pretende fijar en cada una de sus impresiones un presente que, al ser captado, ya es pasado; el tiempo de cien interlocutores reales, posibles o probables; el tiempo de los que pierden el tiempo y de los que ganan tiempo; el tiempo de los que hablan del tiempo; el tiempo de todos los poetas que han hablado alguna vez del mar; el tiempo de los marinos y de los náufragos; el tiempo de los ahogados; el tiempo de los que son los otros; el tiempo que podría ser *mi* tiempo. Es en este punto cuando ella, la que mira infatigablemente el promontorio y el mar, pronuncia unas palabras desmesuradas, solemnes, patéticas, cómicas si se piensa en lo impropio del lugar y de las circunstancias. Ella dice: *"Señor, Señor, ¿por qué me has abandonado?"* ¿Quieres decir que formula efectivamente, en voz alta, esas palabras? La naturaleza de estas palabras es la misma que la de otras de las que me valgo para iniciar un texto, a su vez de condición dudosa, al que llamo "mi novela". Una muchacha de sweater y pantalones negros atraviesa a la altura de la alberca intermedia todo el campo visual del personaje, que olvida de inmediato el agobio de un lamento tan excesivo para ser enunciado por alguien que, simplemente, no se decide entre dar por terminadas unas vacaciones en Acapulco o regresar. ¿La muchacha de sweater negro es quizás una aparición, un personaje simbólico, la portadora de un augurio o es nada más una muchacha que pasa? Dejaremos eso al capricho y al buen entender del lector. Yo me limito a advertir que, por una inexplicable asociación, la mujer de la terraza oye cantar a los sapos en la oscuridad, se oye a sí misma preguntando cómo se llaman esos pájaros que tienen un canto tan breve y, casi simultáneamente, le parece estar diciendo: *"He tenido el privilegio de ser el único testigo de un asesinato que todavía no ha sido descubierto."* La incoherencia de los mecanismos de la memoria la incita a sonreír. Pero la memoria sigue jugándole malas pasadas. Escucha claramente una voz de mu-

jer que dice: *"I thought somebody was yelling"* y
una voz de hombre que contesta: *"They are just
fishing in the cave."* ¿Es la mujer o el hombre quien
susurra: *"I can't save anybody"*? Si ella lo supiera
también sabría quién contesta: *"Nobody can."* Le
regalé una florecita roja, cuando estábamos en la
piscina, para oírle decir *mutt* (me gusta cómo dice
mutt) pero no dijo nada. *Moot-Mut-Mutt.* Se llama
Emily y pronto estará haciéndose un pequeño refugio en la proa de un barco. Ya volvió el sopor. Ahora
verás los preliminares de la tormenta. Cuando ve-
níamos de Europa nos sorprendían por la noche esos
relámpagos en el horizonte y pensábamos que en
alta mar llovía, como si no estuviéramos en alta mar.
No es verdad que el funicular esté subiendo y bajando y el temblor ha sido un espejismo. El funicular no trabaja. Lo están reconstruyendo y el viejo
aparato es un montón de hierros carcomidos en el
fondo de la barranca. Si lo hubieran dejado así unos
meses más habría ocurrido un accidente. Para bajar
a las dos piscinas hay que utilizar las angostas escaleras que descienden adaptándose a la inclinación
natural de los acantilados. Están barnizando las maderas, pintando los barrotes de hierro, esmaltando
las sombrillas en blanco y amarillo, remozando el
hotel para que ningún escritor aficionado a los sitios
que sugieren la usura del tiempo y la decadencia
de las cosas pueda calificarlo como hotel deteriorado de los treintas. El viejo del paliacate rojo ama-
rrado al cuello, con la larga melena blanca, podría

ser Duncan Grant y tendría ahora ochenta y siete años. Apuesto a que este anciano, también inglés, sostiene correspondencia con una sobrina que le cuida una casa de campo en Sussex. *¿Portrait of the artist as an old man?* Presiento que el hotel acabará por convertirse en refugio para viejos ingleses retirados. No sé si te habrás dado cuenta de que entre todos los huéspedes se anuda una especie de complicidad que dura el tiempo de las vacaciones: si luego se encuentran en otra parte enseguida perciben que la complicidad se ha roto. Aquí estamos pendientes de los que llegan y de los que se van. Yo sé, por ejemplo, que la familia de Emily partirá hoy en la tarde porque esta mañana sorprendí al abuelo cuando consultaba, con el jefe de bell boys, los horarios de salida de los camiones que van al aeropuerto. Tú también tendrías que irte hoy por la tarde o, para ser más exacta, ya habrías debido irte. Imposible construir una novela alrededor de una frase como: "Yo ya tengo que irme." Y, después de todo, "No estoy aquí. Estoy en otra playa..." no es más que una de las múltiples posibilidades de iniciar un discurso con las engañosas apariencias de un monólogo interior. Se me ocurren tres o cuatro frases igualmente socorridas como, por ejemplo: "Sólo tuve que atravesar esa puerta y estoy aquí. Dentro, el cuarto y ellos. Ahí enfrente, un espacio sin límites." O mejor: "Estoy simplemente aquí, sin ningún proyecto, si no es el vago proyecto de un libro. Mañana será otro día." O tal

138

vez: "Soy un personaje disponible, lo que quiere decir que, aun en este parapeto, que es un mirador, que es una terraza, estoy a la disposición de todos y de cualquiera." Éstas son, por supuesto, reflexiones gratuitas del personaje (¿que está empezando a ser, acaso, *el personaje* por excelencia?) cuando, abandonada a sí misma, se imagina capaz de hacer su autorretrato. Pero no olvidemos que su destino depende de mí, que estoy escribiendo efectivamente esta novela y, en cierta medida, de otros dos narradores que a su vez dependen de mí porque yo los he inventado. El lector se preguntará quizá si a él le toca mostrarse perplejo ante la multiplicidad de voces que, ya a estas alturas, dicen *yo* como si se tratara de un yo único, ubicuo y omnisciente, o si debe aceptar la proliferación de *yos* con la complacencia de alguien que mirara a su interlocutor a través de un magiscopio de Feliciano Béjar. A mí me es indiferente. Yo, no como en un rito sino como en un juego, escojo para el lector, para el crítico posible pero improbable, algunas frases claves y se las ofrezco en bandeja de plata: "un continuo en el que todo pudiera incidir como en el relato de la vida"; "pero donde, a la vez, cada incidente, cada personaje quedaran sujetos al conjuro de esta contemplación sin ninguna consecuencia"; cuando "...sólo prevalece un espectador y el objeto solitario de su contemplación"; y "yo no soy yo. Yo no existe"; "Presiento que algo podría ocurrir o podría haber ocurrido en este lugar..." (una de las facetas inexploradas del personaje es su vocación detectivesca, su gusto por las claves y, fuera de este libro, su secreta dedicación a fabular novelas policiacas); "ese movimiento inspirado que la sitúa frente al promontorio tiene otros fines y pronto sustituirá el deseo de la fotografía por la anticipación de una novela"; "el personaje se distrae. Deja de mirar a la escenografía para mirar a su alrededor"; "El gesto que hace el personaje con la mano izquierda parece un gesto de despedida. Insisto en la importancia de esa despedida" *(Your loves, as mine to you: farewell)*; "ella teme contaminar la pureza del acto con la ficción de la palabra". ¿Se las ofreces sólo para decirles después que esas claves no son las buenas y obligarlos a buscar otras? Hay ciertas obsesiones que pueden pasar inadvertidas, como la reincidencia de la palabra obsesión y la repetición de la palabra Amsterdam. ¿Son la misma persona la mujer que escribe y la que toma fotografías en los escalones del promontorio? El mayor error consiste en situar la novela en Acapulco. Acapulco nunca existirá como espacio literario. Recuerde: La tuberculosis sí se cura. Atiéndase. Vamos a jugar un juego que consiste en inventar que uno no está donde está sino en otra parte. Yo te digo: "Piensa un lugar donde quisieras estar en este momento. ¿Ya? Bueno, pues..." El juego es otro. Debes pensar en alguien con quien te gustaría comunicarte. ¿Dónde estaría ese alguien? Bueno: ahora piensa en un mensaje. ¿Qué le mandarías a decir? ¿A poco

interlocutor imaginario

no nos pasamos la vida conversando mentalmente con un interlocutor imaginario? El escritor es alguien que deja constancia de ese diálogo: anótalo rápidamente en tu cuaderno de notas. "...*la inmovilidad absoluta de un día de verano*...", frase encontrada en un libro sobre el arte del paisaje que podría añadirse a las demás claves. Me parece recordar otra frase, esta vez de Baudelaire, que podría aplicarse literalmente a tu personaje. Es algo así como: "El sol caía a plomo sobre el paisaje ese mediodía" o "Era mediodía y el sol se desplomaba, agobiante, sobre la calle" o "Bajo el agobio de la luz solar, a mediodía..." La frase que buscas infructuosamente en la memoria, esa memoria que le juega malas pasadas a mi personaje, es la siguiente: "*El sol agobia a la ciudad con su luz perpendicular y terrible; la arena deslumbra y espejea el mar. La gente, aturdida, se aplasta con flojedad y duerme la siesta...*" Me parece que hay también, en ese texto, una alusión muy baudeleriana a la voluptuosidad del aniquilamiento. ¿Me equivoco acaso? ¿Quizá para acentuar los aspectos tenebrosos de esa amorosa pasión del personaje por el mar escoges un instante en que el mar se adormece en un letargo que evoca demasiado el dulce y terrible sueño de la muerte? Me parece que esa narradora, a la que no te has molestado en caracterizar, salvo para identificarla como alguien que se viste con túnicas color de tórtola, verdes o amarillas y que toma infatigablemente fotografías; me parece, re-

141

pito, que esa narradora, que insiste en las posibilidades hamletianas de un personaje abstraído/a del mundo y extasiado/a frente a su propia imagen que, de una manera figurada, le es devuelta por el mar, acabará por comprender que el personaje que pretendía ser Hamlet tiene que acabar siendo Ofelia. ¿No es así? Puede ser. El único rasgo preciso, imborrable, de ese personaje es su disponibilidad: el estar ahí, expuesta a la curiosidad y al capricho de dos narradores que, a su vez, dependen de mis fantasías y de mis obsesiones. El escritorio de maple americano ha desaparecido y, con él, las dos ediciones antiguas de *Los viajes de Gulliver* y *L'angine de poitrine*. Yo podría determinar si la presencia y luego la ausencia de esos dos libros en el escritorio son, o no son, significativas pero no pienso hacerlo. En lugar del escritorio habría ahora un viejo árbol de maple: así se cerraría el ciclo de la vuelta a los orígenes o del viaje a la semilla, como diría Carpentier. Pero no es cierto. El escritorio ha sido reemplazado por un fresno todavía joven pero atacado por una plaga inmisericorde que ha horadado sus hojas, volviéndolas un sucio encaje salpicado de moho. ¿Horadar se escribe con *h?* La única realidad de este libro es la que tiene para mí ahora que lo estoy escribiendo y en el instante en que sea escrita la última palabra se desvanecerá. He descubierto que la única manera de escribir algo que no se muera enseguida es dándose una libertad, digamos de asociación, que se parece mucho a la escritura automática. ¿Usted cree? Julieta Campos, que soy y no soy yo, ha escrito un ensayo sobre una novela llamada *El hipogeo secreto* y otro sobre una novela llamada *La amplificación*. En los dos casos se trataba del mismo tema que a ella le obsesiona: el motivo de la imagen en el espejo o, lo que es lo mismo, de la representación del mundo y de la necesidad que tienen ciertos artistas de representarse dentro de esa representación en el acto mismo de representarla. En el Museo del Prado la ilusión, que puede llegar a convertirse en vértigo para el espectador, es propiciada por varios espejos colocados mañosamente frente a *Las Meninas*. Entre nosotros Gironella... Sí, sí, pero ella sólo traslada sus manías especulativas a la apreciación de dos novelas que en realidad pretendían ser otra cosa. ¿No es acaso *El hipogeo secreto* el diario mágico de una sociedad secreta? Tendrías que haber leído *Magick in Theory and Practice* de Aleister Crowley. Habrías debido enterarte un poco de la historia de Crowley, que acaba fundando una Abadía en Sicilia, y de la magia ceremonial. Y en cuanto a esas improbables creaturas de *El hipogeo,* tendrías que haber dicho que se mueven en un recinto sin entrada y sin salida, sin principio ni fin, imaginado a imagen y semejanza de la Botella de Klein, ese artefacto diabólico al que Arreola le dedica un hermoso texto en *Palindroma*. En cuanto a esa otra historia de un señor que proyecta escribir una novela que Claude Mauriac ya ha escrito, es sólo un

143

juego, uno de esos ejercicios deportivos de la inteligencia a los que son tan aficionados los escritores franceses. Por cierto que me parece descubrir cierta coincidencia entre el escritor que se fuma un cigarrillo en el balcón (¿o es una ventana?) mientras su familia se pierde de vista en aquella plazoleta de París y la mujer que mira el mar. ¿Acaso me equivoco? Yo diría que la coincidencia empieza y termina en que uno y otra miran. Pero lo que miran y lo que está en juego en una y otra mirada es algo completamente distinto, o distante, para añadir a todos los demás usos de la palabra el siempre socorrido del juego. El mar de Acapulco tiene muy poco que ver con un *square* de París. *"Aquí estoy en la playa, frente al mar, en un gran balcón que envidiarías..."* dice alguien que, sin saberlo, se está dirigiendo desde un balcón de la costa de Gerona, en España, a la mujer que en una terraza de Acapulco se obstina en permanecer asomada al mar, a las cuatro de la tarde de un 8 de mayo de 1971 que no se termina nunca. Me pregunto si con todas las fotografías existentes del promontorio podríamos armar algo, descifrar el misterio, pero entonces me acuerdo de que no hay misterio posible a plena luz del día. El paisaje, los paseantes, los nadadores, los demás huéspedes, los fotógrafos aficionados y los profesionales, los narradores agazapados, la mujer que mira, todo y todos se ciñen, o tendrían que ceñirse, a las condiciones impuestas por esa claridad que desmentiría cualquier apreciación desmesurada de los hechos. Por eso me parece inoperante una frase que aparece en la página 22: "Ocurren cosas en el hotel de las que no nos enteramos" y otra que puede leerse en la página 32: "¿Cómo te vas ahora cuando todo está a punto de revelarse?" porque lo único que ocurre realmente es el ir y venir despreocupado de los vacacionistas y la revelación que espera un personaje atacado por la manía de querer encontrar "la historia única" tendría que ser, forzosamente, una revelación decepcionante: que la aspiración a encontrar una historia es la única historia que podría contarse. Hay, por otra parte, una contradicción obvia entre dos afirmaciones que se hacen, respectivamente, en la página 45 y en la página 43. "Todo se reduce a estar ahí" y "Volvamos al punto de partida. Hay que volver siempre al punto de partida". ¿Se trata de un texto escrito para recuperar un tiempo mítico, un instante proustianamente perdido hace veintidós años, o más bien de un texto que no pretende sino consignar unos cuantos hechos concretos de los que puede tenerse absoluta certidumbre y que se inscriben nítidamente en el presente? Prosigo: Todas esas contradicciones serían secundarias si no fuera porque las sustenta una fundamental: la que se da entre esa incandescencia que baña al promontorio, al mar y al personaje, una luz rotunda e inocente, que no es producto de la imaginación sino destello indubitable de la realidad y que justificaría un minuto infinito de felicidad absoluta y la incidencia intrusa de una memoria nocturna, grávida de sombras, de terrores y de fantasías, síntoma de esa tensión siempre sospechosa para la razón que suscita los desarreglos del alma, las evasiones de la locura y aun la tentación diabólica del suicidio. ¿Te imaginas el promontorio y las olas como un motivo de paisaje marino? El personaje no es, quizás, una mujer interesada en tomar una fotografía ni en escribir una novela, sino un ser provisto de esas antenas que dotan a ciertos pintores de una pequeña sensibilidad, como diría Cézanne, para la naturaleza. El mar, después de todo, ha servido de inspiración a muchos grandes. Pienso en Seurat, por ejemplo, que se pasa las horas monótonas de su servicio militar en Brest contemplando el mar; en Mondrian, que buscaba en las olas y en la playa los motivos primarios de sus abstracciones; en Turner, que encuentra en el puente de Londres un mirador excepcional hacia ese bosque misterioso de los barcos, las velas y los mástiles. Pienso en Clausell que, pintando el Valle de México, pintaba el mar. El mar es el sueño de lo desconocido, la fantasía del viaje, la esperanza de otros destinos y también el miedo a los piratas y a las tempestades. Todo eso es el mar. ¿Lo habrás incluido, supongo, en la visión del personaje? El bombardeo ocurrió cuando la gente dormía la siesta. Visite la Exposición Permanente de la Flor. Los pozos submarinos de petróleo contaminan la costa de California. Mantener la ciudad limpia es señal de cultura. En las playas del Mediterráneo y del Atlán-

tico hay miles de cadáveres de aves marinas. Los
jóvenes activistas fueron trasladados en lujosos camiones con aire acondicionado. En Nueva York un
millón de personas se duermen con hambre todas
las noches. El hombre tiene derecho a la armonía
y la belleza: protege el paisaje. El estroncio 90 se
fija en los huesos como el calcio. Se usará la cabeza
rapada a la egipcia y las pelucas de tonos pasteles.
Los niños de Biafra hacen espléndidos posters. Paz
y amor: termina la era de Piscis y se inicia la era
de Acuario. Al ser expulsadas a gran velocidad,
las bolitas metálicas producen horribles heridas: las
bombas se llaman ananás. Los medios de difusión
de masas tienen una ventaja: el público se va haciendo cada vez más receptivo a las creaciones de
la cultura y del arte. La basura se acumula en las
esquinas de las grandes ciudades. Mantener la ciudad limpia es señal de cultura. Las esquirlas son
transportadas por el viento igual que el aire dise-
mina el polen de las flores. Ya en París no se ven
minifaldas. Se ha descubierto que el albatros es
sumamente sensible a la contaminación del mar a
través de la lluvia radioactiva. El agua es inagota-
ble en la superficie de la tierra. Se fabrican bombas
en forma de muñecas y otras parecen inofensivas
pelotas envueltas en pañuelos de colores brillantes.
*"En todo lo que os sea posible vivid en paz con los
hombres."* Ochocientos mil niños mueren al año en
Latinoamérica, por desnutrición. Este año predo-
minarán las telas estampadas: es el reino de Gucci,

147

de Pucci, y de Paco Rabanne. Algunas de esas bombas sólo envenenan lentamente el hígado y los pulmones: son bombas que no matan, no hay que alarmarse. Si usted pregunta a diez personas qué es la belleza, ocho le describirán un hermoso paisaje. Consuma anfetaminas y conserve la figura esbelta. *The only direction is insurrection.* Huya usted del ruido y la agitación de la gran ciudad: vaya al bosque, a la montaña, a la orilla del mar. Sólo que los biólogos señalan un nuevo peligro, el de la erosión humana. A los océanos le debe nuestro planeta ese hermoso aspecto que presenta a distancia. Un millón de toneladas de hidrocarburos, derramados en el mar, producen la muerte de peces y aves por envenenamiento y congestión. La contaminación está de moda pero no nos preocupemos demasiado: es el terror del Apocalipsis, que la humanidad revive cada quinientos años. *Try a Virgin-Island.* Doscientos náufragos fueron ametrallados cerca de la bahía, al ser confundidos con rebeldes. Pero en el año 2 000 habrá sobre la tierra siete mil millones de hombres. *Oh, Calcutta! "No abandonemos el camino de la grandeza." "El arte vencerá siempre a la mentira y a la violencia." Let's face reality, Shakespeare.* Picasso es un pintor de naturalezas muertas. Las algas marinas y el plancton, que son devorados por los peces, que son devorados por los hombres, contienen elevadas concentraciones de estroncio 90. Las pieles vendrán en colores claros este invierno. No tenemos derecho a exterminar lo que no hemos creado. Advertir que no hay nada metafísico acerca de la muerte. Punto y aparte. La novela termina cuando el policía y el agente extranjero, este último a punto de atentar contra la vida del gran hombre, se encuentran, se ven y se reconocen: "—*Chacal*"; "—*Lebel*." Es el reconocimiento de las conciencias de sí de Hegel, ni más ni menos. Usted lee muchos *best sellers* ¿verdad? Creo que en los *best sellers* late el verdadero pulso de nuestra época. Creo que hay una especie de conciencia de las grandes masas o de inconsciente colectivo, si usted prefiere, que encuentra su única expresión eficaz y me atrevo a decir que perfecta en esas obras de indudable inteligencia y de sagacidad notable que se dirigen al público verdadero, el que compra sus libros en los puestos de revistas y en los supermercados. ¿Podría imaginarse un traidor contemporáneo que dijera, como Macbeth: "*¡Las cosas buenas del día comienzan a debilitarse y adormercerse, mientras los negros agentes de la noche...!*"? Las salamandras traen buena fortuna, mientras que las serpientes. En la página 101 se sugiere que son la misma persona la mujer que escribe y la que toma fotografías en los escalones del promontorio. ¿Por qué no añadir a la que mira el mar desde la terraza? Esta arena es gruesa y parda, como hecha de piedras desmenuzadas. Traeremos arena fina y muy blanca, arena suave del Caribe, y haremos un lecho adecuado para tus caracoles. Esta caja guarda las voces del mar. La pondremos

149

aquí, al lado de los dos peces de mayólica, al lado del pez de latón con su collar de pececitos diminutos, al lado de un crisantemo amarillo. A mí también me gusta mucho el amarillo. Digo también porque me acuerdo de Van Gogh, tú sabes: *"Que c'est beau le jaune!"* Te regalaré un collar de ámbar y te vestirás para siempre de amarillo. Pondremos por todas partes cristales amarillos. En Tabasco hay un árbol que de lejos es como la aparición milagrosa de la luz en el verdor oscuro y espeso de la selva: se llama guayacán. Lo colgaremos en el comedor para que te cobije en su resplandor amarillo, frente a cuatro ciruelas y dos trozos de piña en un espacio espléndidamente amarillo. Te regalaré la Vista de Delft nada más por la famosa luz amarilla. Te regalaré un gato amarillo con los ojos amarillos. Hace mucho sol hoy por la mañana: te regalaré también este día amarillo, las copas amarillas de los árboles y el aire que huele a amarillo. Oiremos la Cuarta de Brahms. He soñado con el frío: París, la nieve, el bosquecito. Como decir el sol. Hace frío, ponte algo encima. Como decir el sol. ¡Qué sonido de tambor lúgubre tiene la palabra invierno! Como decir el sol. *Je t'aime.* ¿Dijiste que el escritorio de maple era color de miel y que ella cultivaba lavanda en el jardín? ¿Dijiste que en su casa había relojes, lechuzas, granadas, gatos, luciérnagas, velas, lunas encerradas en jaulas, pianos, espejos, palomas, llaves, girasoles, ruecas, flautas, caracoles, hojas muertas, mandolinas, cofres, arbolitos de hiedra, abanicos, opalinas, fantasmas, helechos, fuentes, mantones, esfinges, ágatas, escaleras, collares, sombrillas, botellas verdes, pájaros, barcos, floreros color naranja, ojos de cerraduras y un número incontable de ventanas? ¿Dijiste que tenía veintidós años y treinta años y cuarenta años y todas las edades al mismo tiempo? ¿Dijiste cómo se llamaba? ¿Dijiste que era una fotógrafa profesional, que era una escritora, que era una fanática de las aves marinas, que era empleada de una empresa publicitaria a la caza de paisajes sugerentes para un anuncio de cigarrillos mentolados? ¿O que era una profesora de geografía, una pintora de domingo, una solterona desolada, una madre de tres hijos, una lectora de Hemingway, una joven delgada sin ocupación precisa, una viajera infatigable, una mujer que sueña, una mujer que espera, una mujer que no tiene nada que esperar, una mujer que añora el diálogo, una mujer que elige deliberadamente la soledad? ¿Dijiste que vestía una túnica o, más bien, un caftán amarillo? ¿Dijiste que no tenía casa y que por eso, lógicamente, no quiere regresar? ¿Dijiste quién o quiénes la esperan en el cuarto? ¿Dijiste que en realidad el cuarto estaba vacío? ¿Dijiste que es una mitómana que inventa sus propios recuerdos? ¿Dijiste que justamente al salir a la terraza empieza a volverse loca? ¿Dijiste que en su vida ha estado más lúcida? Mi manía de mirar me pierde. Me gustan los hoteles vacíos a las cuatro de la tarde. Me divierte anticipar cosas siniestras: el mar, por

151

ejemplo, empezaría a crecer lentamente, se iría devorando el promontorio, la poza, la alberca de agua dulce, la estructura por donde sube y baja el funicular y el funicular mismo, las escaleras, los acantilados y luego las terrazas y los bungalows de modo que los huéspedes, los dormidos y los despiertos, empezáramos a soñar que soñábamos vivir en un gran barco sumergido en la melodía submarina de una pavana de Ravel. Mi manía de mirar podría llegar a perderme. Las voces que gritan pidiendo auxilio se oyen cada vez más cerca. ¿Soy yo la que dice que alguien está gritando o soy la que pide auxilio desde esa cueva cuya única entrada es cancelada una y otra vez por el oleaje? Pronto vendrán y descubrirán el cadáver. Pronto vendrán y serán ellos los que me miren y uno dirá que nadie puede salvar a nadie. ¿Por qué no vamos a nadar a la Gruta Azul? Me llevaré de recuerdo dos caballitos de mar. Las azaleas florecen en abril y en octubre pero aquí nunca ha habido azaleas ni tampoco habrá hortensias. Para ver hortensias, dicen, hay que ir a Buenos Aires. También dicen que la cueva va a dar al Fuerte. Dicen, dicen, muchas cosas pero yo no he dicho ni diré nada. Yo sólo miro y a veces veo lo que no debo. ¿Cómo distinguir las voces si el mar está haciendo tanto ruido? Me parece prudente recordar que el mar, a las cuatro de la tarde, está completamente quieto. Pasemos a otra cosa. El *Erebus* y el *Terror* han naufragado. Ya he anotado en la bitácora que hoy es el 8 de

logbook

nostalgia?

mayo de 1850. La anciana ha dado informes precisos: unos desconocidos, al parecer extenuados de agotamiento, han pasado cerca de su iglú; iban cayendo, uno detrás de otro, y las aves marinas los atacaban pero poco había que devorar en sus delgados cuerpos. En estos tiempos, los barcos todavía se hunden en las olas con todas sus riquezas y hay quien, en medio de un feroz huracán, baja a tierra y esconde entre las rocas un mensaje metido en una botella para dejar constancia de su descubrimiento. Dos corbetas zarpan de Acapulco para buscar un estrecho que nunca será encontrado y que debería comunicar el Atlántico con el Pacífico: estamos en 1790. Debo advertir que el 8 de mayo de 1971 fue sábado. Puede ser, pero dentro de esta novela que estoy escribiendo es domingo y no podría ser de otra manera. Yo también tengo mis razones que no son precisamente las del calendario. ¿Es una novela llena de evocaciones y de nostalgias? Es una novela barroca. Es, al contrario, un ejemplo de prosa tersa y transparente, en la que puede recrearse el espíritu. Yo pienso que las mujeres, cuando escriben... Me interesa su nostalgia, a la vez, por París y por el mar. Debes suprimir esas asociaciones superfluas de sucesos contemporáneos. ¿A qué vienen, dime, a qué vienen? A mí, si me permites opinar, me parecen muy atractivas y bien integradas al texto: no vayas a suprimirlas. La ventaja es que podría no tener ningún límite y prolongarse al infinito. Me parece adivinar que esa novela será únicamente el *work in*

153

progress, la demostración práctica de ese caótico proceso mediante el cual se escribe una novela. ¿O una novela que agotara todas o casi todas las posibilidades de interpretación y hasta de crítica que pudieran hacerse y eventualmente se harían en torno a ella? ¿Un libro acerca de las relaciones entre el hombre y la naturaleza o, si tú quieres, la mujer y la naturaleza? Mientras dure ese minuto desproporcionado, irreal, ilusorio durará tu existencia ficticia frente a un promontorio anclado cerca de la costa de Acapulco cuya atracción sobre tu fantasía no me explico todavía completamente. Me has puesto aquí porque aquí no puedo hablar con nadie y a medida que progresa la novela me resultará más difícil moverme. Son las cuatro de la tarde. Es una tarde espléndida de verano. Una luz casi blanca resplandece en el cielo y en el mar. Es un bello día de mayo en Acapulco. Tendrás que modificar las primeras veinticinco páginas: dar una imagen de belleza, armonía, euforia, distensión, libertad, relajamiento, alegría, entusiasmo, optimismo = vacaciones. Las mariposas y los grillos se achicharran en las luces moradas. Se oye un leve ruido y sale un poco de humo, con un olor que uno aprende a distinguir pronto: olor a mariposas electrocutadas. Por lo demás todo es perfecto, arriba las constelaciones y abajo la espuma del oleaje, iluminada sabiamente como si se tratara de una escenografía. Iremos a la playa de Las gatas. Verás El Capricho del Rey, una extraña construcción que se quedó inconclusa cuando pereció su constructor en un naufragio porque todavía ahora, una que otra vez, un ciclón se devora un yate, con todos sus ocupantes, y después de jugar un rato con ellos los arroja al fondo del mar. El vals de Lara se escucha por donde quiera. Lo he oído en Jamaica, en Berlín, en Zihuatanejo, en Zagreb. El mar es un gato de costumbres nocturnas, que se despierta de noche y se adormece de día. Ese lenguaje nocturno del mar es como un ronroneo complacido, incesante, de una gran pantera negra apasionada, seductora y peligrosa. Ellos no pueden dejar de oír esa música y no saben que si la música no se detiene pronto voy a enloquecer. ¿Podré bajar temprano a la playa? La pequeña sirena duerme en lo más hondo de la alberca. La acompaña un caballito de mar. Me persiguen los caballitos de mar. Saldré por la puerta del fondo y la dejaré entreabierta para poder volver a entrar. Dicen que la playa está apenas a unos cien metros. Me bajaré cuando amanezca y caminaré descalza por lo menos un kilómetro. Es posible que haya caracoles: todavía es una playa silvestre. Dicen que el trópico es siempre barroco y que el Caribe es un espacio del sueño, de hombres con alas de ángel y playas esplendorosamente blancas, pero ése es el Caribe de García Márquez y de Carpentier. Yo todavía no sé muy bien qué es el Caribe, no sé muy bien qué es el mar. La gente siempre cree que las grutas, las cuevas marinas, llevan a alguna parte, pero si uno se mete en una de esas cuevas, en una

155

de esas grutas, ya no vuelve a salir. Lo sé por experiencia. Por eso te digo que se puede vivir para siempre en una cabaña marina que no conduce a ninguna parte y está llena de espuma y de reverberaciones que son como diamantes de agua. La huella que deja el relámpago y la luminiscencia de la ola son, por cierto, de la misma naturaleza. Es un dato que no deja de ser interesante. O se puede vivir en un castillo de vampiros frente al mar. O en un castillo llamado Duino, arrancado al mar como un desafío, posado en las rocas de un promontorio frente al Adriático, que es un mar de plomo. Te daré una noticia más acerca de las rosas: Rilke murió cuando una leucemia lenta, latente, que hubiera podido prolongarse sin un desenlace tan abrupto, se precipitó de súbito por una herida inocente que le habían hecho las espinas de un rosal. Duino podría haber sido el fin del mundo. En todas partes hay un fin del mundo. Cada cual tiene su fin del mundo. Yo nací en un pueblo de Galizia que era también el fin del mundo. Había un río. De este lado vivíamos los judíos. Del otro lado del río, los católicos y los ortodoxos. Mi abuelo me llevaba a veces a ver a algún muerto que flotaba en el río, para enseñarme lo que podía pasar si se me ocurría atravesarlo. Pero no sólo a nosotros nos odiaban. También los que vivían de aquel lado se odiaban entre ellos y sólo se juntaban cuando había que matar a un judío. ¿Nunca te he contado que en Gaza las estrellas están tan cerca que uno se imagina que

156

puede tocar el cielo? Aquel jazán de Madrid me
devolvió algo que yo no sabía que había perdido:
esa cadencia de los rezos rituales, ese ritmo oriental,
africano, árabe, no sé cómo explicarlo, me devolvió
a un tiempo que yo añoraba sin saberlo. La voz
humana puede sugerir tantas cosas... El parecido
es notable. ¿Son ustedes hermanos? Los árabes descubrieron el recogimiento de los jardines interiores.
Cuando vayas a Andalucía fíjate sobre todo en los
cármenes. Encerrarse en un jardín es recuperar el
Paraíso. A mí el mar, sin embargo, no me dice nada.
El aire es mucho más puro, más ligero, aquí en el
altiplano. Está uno más cerca de Dios. Me asusta
este silencio. Vámonos. Vámonos pronto antes de
que ocurra algo. Él era, como el de la película, un
joven capitán de Castilla y ella tenía diecisiete años.
Te contaré la historia de la familia. Todo empezó
con una carta que nunca llegó a su destino. El que
más y el que menos tiene un antepasado que soñó
con embarcarse y hacer América. Permíteme, querido lector, hacer una ligera digresión. La carta fue
escrita el 2 de junio de 1786. Él ya nunca podría
retornar a España y ella no desmerecía de su linaje.
Allí en la sierra de Teapa no hace tanto calor y
siempre refresca cuando llueve por las tardes. Los
matrimonios entre primos hermanos han sido bastante frecuentes. El viaje hasta Frontera era largo
en el barco de ruedas que se deslizaba sin prisa por
los ríos. En aquel playón del Usumacinta los colores del atardecer fueron milagrosos esa tarde de la

157

penúltima década del siglo XVIII cuando una joven de tez marfileña y ojos melancólicos escuchó las palabras turbadoras de un oficial dispuesto, por su amor, a no volver a pisar la severa meseta castellana donde viera las primeras luces veintidós años atrás. Los tulipanes no se llamaban entonces tulipanes, pero él tomó una de esas flores rojas de un arbusto cercano y se la entregó en prenda. La escena se introduce en los recuerdos del personaje sin que puedan evitarlo ninguno de los narradores, que la consideran inútilmente sentimental e inoperante pero yo sé que la imagen, excesivamente integrada en palabras lo cual es, lo reconozco, un demérito tiene su razón de ser y me niego a suprimirla. Debo advertir, por último, que cuando vino al mundo doña Marina, la última de doce vástagos, y la madre, que estaba a punto de cumplir los treinta años, se vio en peligro de morir, el capitán sintió que un viento helado atravesaba la estancia principal, donde él esperaba, y que iba a posarse en la copa dorada del guayacán que él mismo había plantado en el traspatio y que, sin que nadie más se lo explicara, empezó a morirse ese día hasta que se murió sin remedio, habiendo tomado para sí la muerte que a ella le aguardaba. Las alternativas del relato que pretende imponérsele al personaje del mirador son múltiples por el tono, los matices y las vertientes pero oscila, principalmente, entre la recurrencia de imágenes marinas, algunas espléndidas y otras fatales; una memoria literaria que cada vez se distingue menos de la otra, la memoria de la realidad; una memoria familiar que se cuela de una manera intrusa e imprudente pero alentando a la vez la certidumbre de que sería, en definitiva, la única susceptible de integrar un relato coherente al sellar en la ficción la historia soterrada trasmitida por las generaciones, aferradas al origen como esas casas cercanas al mar que tienen más de navíos que de moradas terrestres; la memoria colectiva, digamos, común a todos los que hubieran leído los periódicos alrededor de 1970; la memoria de alguien que ya ha escrito textos ficticios, cuyos ambientes y personajes no dejan de asediarla; la memoria de quienes esperan en el cuarto refrigerado; la memoria, casi en blanco, de una fotógrafa a la caza de instantáneas; la memoria de un escritor que podría parecerse a Truman Capote; la memoria de una narradora obsesionada con el dilema de Hamlet; la memoria de una mujer que vivió de niña la guerra de España; la memoria de alguien que conoció a Gabriela Mistral y, por supuesto, *mi* memoria. Ven conmigo. Acércate. No tengas miedo. No hay ningún peligro. ¿Sabes nadar o ya se te ha olvidado? Dicen que un poco más adentro el color del agua es bellísimo. Yo ya no me acuerdo de nada. Grito, grito, pero ni yo misma me oigo, como si también los gritos se licuaran. No más déjate flotar, haz el muertito, relájate, descansa, no tengas miedo del mar. Acuérdate que es un mar de escenografía, un mar inventado por alguien sobre un cuaderno rayado, un mar de tinta verde, un mar que no podría hacerle daño a nadie. Pasen, señoras y señores, a visitar la gruta de la pequeña sirena. No te ahogarás de veras: te ahogarás únicamente en un mar de palabras. No encontrarán nada, porque ya no habrá nada que encontrar. Tú hubieras podido salvarme pero me dejaste resbalar y no hiciste nada. Yo creí que estaban pescando en la cueva y quise ver. No puedo salvar a nadie. Nadie más lo ha visto. Nadie vendrá a buscarte. Es inútil que sigas gritando con los pulmones llenos de agua. Tanto da morirse aquí como morirse en cualquier parte. Cierra bien los ojos y vuelve a dormirte. Es tan simple como eso. Muchas veces he soñado con el mar. Anoche, por ejemplo, estaba en un cuarto adonde entraba el mar sin ninguna amenaza, dócil y apaciguado, y me complacía en mirarlo y no me quería despertar. 8 de mayo de 1519: el Rey escribe a Magallanes, que se prepara para salir en busca de un paso entre el Océano Atlántico y el Océano todavía sin nombre, haciéndole setenta y cuatro prudentes recomendaciones. El Rey está en Barcelona y Magallanes en Sevilla. Uno mira el Mediterráneo y el otro el Guadalquivir, pero ambos piensan en un mar inmenso que está del otro lado de las tierras descubiertas por Colón, a través del cual será posible llegar a unas islas donde habrá quizá ricas especias y que será llamado, por la mansedumbre de sus aguas, el Pacífico. 8 de mayo de 1566: el capitán de la nave nombrada "San Jerónimo" ordena levar anclas frente al puerto de Acapulco para emprender una ruta marítima que, durante más de dos siglos, habrá de conducir plata y frailes de México a Manila. El capitán de la San Jerónimo también tiene sus sueños: sueña que su barco volverá cargado de sedas y muselinas, especias, aromas y porcelanas y que su regreso al que algún día será llamado "uno de los más hermosos puertos del mundo conocido" será celebrado con júbilo, música y vino por gente ávida de comprar, que habrá venido desde el centro del virreinato para celebrar una gran feria. Treinta años después yo, Isabel Barreto, casada en segundas nupcias en Manila con don Fernando de Castro, capitán de la Nao de Acapulco y de la China, única mujer distinguida con el honroso título de Adelantada y Gobernadora por voluntad de mi primer y ahora finado esposo don Álvaro de Mendaña; yo, Isabel, me imagino viendo llover en Macondo mientras espero en el puesto de mando de la nave que ha de conducirme, por primera vez, al puerto de Acapulco, el final venturoso de esta tormenta que nos ha impedido zarpar, miro el mar con el amor apasionado que le empecé a tener en el Callao, cuando nos disponíamos a aventurarnos en él, el 9 de abril hace apenas un año, y anticipo la mirada de otra mujer, que mira el mar desde Acapulco, un día que mi memoria de lo que está por ocurrir presiente con cierta tristeza que no sabría explicarme puesto que ella mira el mar, lo sé, en un día espléndido y asoleado, quizás en una tarde

161

del mes que los cristianos hemos consagrado a María y no hay en el horizonte ninguna señal de tormenta. También en el fondo del mar hay una selva oscura. ¿No te has dado cuenta de que los huéspedes han empezado a irse y de que el hotel se está quedando vacío? Se han ido los muchachos del personal y no habrá quién te cargue las maletas. Tendrás que llevarlas tú o te quedarás aquí para siempre. Quedarme aquí, que es como quedarme inmóvil dentro de un interior holandés, mirando sin poder mirar a otra parte el rayo de luz que se introduce por una ventana muy alta, que es como entrar en un cuadro redondo llamado "Paisaje de invierno con patinadores" y saber que todo lo que hay que mirar está dentro de esa esfera perfecta como una opalina, que es como ser la doncella pintada por Petrus Cristus y mirar fijamente con ojos oblicuos a un espectador que me mira en el Museo de Dahlem, que es como ser la Eva de Lucas Cranach y mirar el recuerdo inolvidable de la tentación. Esto que me ocurre ya lo he soñado, pero el sueño se interrumpía y yo nunca sabía el final. En ese sueño yo me miraba al espejo pero el espejo no me miraba. Ya no me acuerdo de nada. Temo que el mar no sea el mar. *La luz no es la luz del sol* (Ezra Pound). La luz empieza a atormentarme y ellos me obligan a no cerrar los ojos. No es la música lo que me trastorna sino esa especie de murmullo somnoliento que sube del mar. ¿Hasta cuándo tendré que estar aquí? Dicen que el mar recoge todas las cosas olvidadas,

pero yo no sé si el mar tiene memoria. Las cuatro
de la tarde es una hora radiante. Has hecho bien
en elegir esa hora para una novela sobre una mujer
que se olvida de todo por quedarse, en un mirador
de Acapulco, mirando el mar. ¿Se ha hablado, en
algún momento, de un asesinato? Me parece recordar que el narrador que está en ese cuarto llamado
El laberinto se propone escribir una novela del género de A sangre fría. Pero quizá lo que sucede es
únicamente un accidente. Has olvidado a los figurantes y ellos integran la escenografía, tanto como
el promontorio o el mar. ¿No te parece que hay en
todo esto cierta incoherencia? El ajedrez también
tiene su tiempo y es el tiempo que dura la partida.
Lo malo es que uno tiene la manía de querer alargar
el tiempo. Siempre le han gustado las ciudades que
parecen un milagro o un espejismo. La persigue y
la asedia, como un amante, la imagen de Venecia.
Los siete días de vacaciones están a punto de empezar. Éste no es el fin sino el principio. ¿Cuántas
cosas podrán ocurrir en siete días? No es verdad
que prefiera los hoteles vacíos a las cuatro de la
tarde. Ten cuidado con las conchas rotas al caminar
por la arena. ¿Te he dicho por qué esta arena es
tan blanca y tan suave? El agua es tibia como en
una piscina. ¿Por qué tenía que ocurrir todo a las
cuatro de la tarde? No ha ocurrido nada a las cuatro
de la tarde. ¿Escribirás una larga y fatigosa novela
sólo para narrar algo que no ha ocurrido? ¿No sabes
que no se puede escribir una novela cuando no ha

ocurrido nada? Yo los vi abrazarse en la arena y se
acariciaban como si no hubiera nadie alrededor.
Ella era sumamente delgada y llevaba un bikini
amarillo. Aquí lo interesante es buscar. Nunca se
sabe qué se puede uno encontrar en el fondo. Tocan
música tropical como si todo estuviera ocurriendo
hace veinte años, hace veintidós años, cuando se
conocieron: cuando nos conocimos. El comedor tiene
los cristales empañados porque adentro hace demasiado frío y afuera demasiado calor. Los meseros
esperan con sus chalecos rojos, listos para que empiece la función, pero no llega nadie. ¿Eran de
terciopelo o de brocado las cortinas amarillas rema-
tadas con una galería que imitaba arcos mudéjares?
Hay un tapiz dorado en las paredes y una alfombra
color oro sobre el piso. El efecto es confuso a través de los cristales empañados por tanta humedad
condensada durante el día. Las servilletas están colocadas impecablemente, dobladas en triángulo, sobre cada uno de los platos. Viéndolo desde afuera
no puedes evitar la imagen proustiana del acuario.
Una imagen que no sé si es proustiana, aunque
hubiera podido serlo. Me gustan las piscinas de noche, cuando están iluminadas, pero no puedo evitar
un recuerdo intruso: William Holden, flotando boca abajo, inerte, en la piscina iluminada de una casa
de Sunset Boulevard. Yo sabía que también aquí
habría pequeñas garzas, sólo que éstas son negras
y caminan cautelosamente como si hubieran tenido
extrañas experiencias con los hombres. *I thought*

somebody was yelling. They are just fishing in the cave. Don't worry: they have been doing that since they were children. Hopefully. Hopefully. Hopefully. I can't save anybody. Nobody can... can... can... El foco de la linterna zigzagueaba en la oscuridad como una serpiente esquivándose a sí misma. Las luces proyectadas por dos spots en las paredes de la alberca se encontraban en un punto donde el agua parecía mecerse en un oleaje un poco turbulento, pero todo era ilusión óptica. Ella permanecía en cuclillas en el borde de la piscina, envuelta en el caftán amarillo. Él estaba adentro, buscando algo. Yo veía la escena, sin comprenderla, detrás de los cristales del comedor empañados por la evaporación de humedad que producía el aire acondicionado. Tuve la sensación de que todas las piezas estaban ahí pero supe que me sería imposible juntarlas. ¿No sabías que eran peligrosos los focos prendidos en el interior de las piscinas? Una escalera de arena cada vez más pendiente va descendiendo hasta el fondo del mar. Este jardín marino es en realidad un paisaje nevado. El *Paisaje de invierno con patinadores* es un jardín marino, poblado por corales amarillos y negros, abanicos morados, estrellas de mar, grandes caracoles nacarados, arbustos elásticos, peces azules, negros y amarillos, colonias de erizos, sargazos. ¿No hay llantas desinfladas, botellas, periódicos abiertos, un ancla enorme como la que tiene Neruda en su casa de Isla Negra? Dentro de la esfera cae la nieve. ¿*Rosebud*? Dentro de la esfera cae la nieve

y yo estoy. Estoy dentro de esa esfera perfecta como
una opalina que podría llamarse *Paisaje de invierno
con patinadores,* cuadro redondo de Hendrick Aver-
camp (1585-1634) que verás en la National Gallery
cuando vayas a Londres. Miras el fondo del mar a
través del fondo de cristal de una lancha, del lente
de una Rollei 35, y descubres con un leve movimiento de sorpresa un paisaje nevado donde los copos
se deslizan horizontalmente como impulsados por
un viento de tormenta. Un pez muy azul atraviesa
la escena navideña como una estrella fugaz. A las
cinco y cuarto se pondrá el sol. Aquí los días se
acaban muy temprano y empiezan muy temprano.
¿No te habrás equivocado de escenario? Ese sol
enorme, de escenografía, se pondrá dentro de una
hora y cuarto, pero no aquí sino en otra playa, en
una isla del Caribe donde el mar, sobre una arena
blanquísima que me veo obligada a llamar esplendorosa, es de un color turquesa que recuerda la palabra menta. Se ha levantado un viento animoso,
fresco, casi salvaje que durará todo el día. El mar
es color turquesa cerca de la orilla y más allá las
crestas blancas de las olas retozan sobre el azul profundo de un mar color de alta mar, el mismo que
en Curazao carcome los baluartes del viejo Fuerte
convertido en hotel. Una gaviota blanca vuela con
esa elegancia tranquila que le asegura la libertad
ilimitada del aire y roza la memoria de alguien que
la mira volar desde la arena. Ya no me acuerdo si
es domingo. Aquí todos los días son iguales. Los

166

siete días de vacaciones están a punto de empezar. ¿Cuántas cosas podrán ocurrir en estos siete días? Los americanos que acaban de llegar no saben que se ha declarado en el hotel una epidemia de cólera y se toman alegremente sus tequila cocktails mientras ensayan el ritmo del vals de Strauss. Hacen grandes muecas y luego se van tirando disciplinadamente, uno por uno, las señoras primero, a la piscina donde el agua hierve a borbotones. Los músicos suspenden el vals y empiezan a tocar las mañanitas. La señora del cumpleaños ha sido la primera en lanzarse. La pareja de suecos (ella se llama Ingrid) bordea la alberca con una estudiada lejanía, como si no tuvieran la intención de seguir las reglas del juego. Los alemanes hablan a gritos, de un extremo a otro, seguros de no ser entendidos. Parecen gozar del vals más que los otros. El señor yucateco con sus seis niños mayas comprende que se ha equivocado de lugar o, lo que es lo mismo, que su escenografía era otra y se va enseguida. ¿En qué momento saltó ella? Dime: ¿has leído por casualidad la historia de Poltarnees, la que mira el mar? Es una historia que cuenta Dunsany, cuya familia de origen normando data del siglo XIII y es, en consecuencia, una de las más antiguas de Inglaterra. ¿Esa obsesión de los ingleses por el mar se deberá, sin duda, a que Inglaterra es una isla? Isla = lugar utópico por excelencia. ¿Poltarnees era una doncella? Poltarnees era una montaña. Yo te pregunto: ¿qué especie de fascinación es esa que inmoviliza a tu personaje? Me parece recordar que alguien, una joven o una niña, jugaba de noche a desafiar las olas del otro lado de las cuerdas que delimitan, en la poza, el sitio permitido a los huéspedes. ¿Hay acaso alguna señal que advierta allí el peligro? Y ese juego ¿tiene algo que ver con la mujer de la terraza? ¿Sería acaso ella la que ha jugado a desafiar al mar? La narradora que toma notas, sentada en uno de los escalones del promontorio, se propone en este momento hacer un catálogo de asociaciones marinas, símbolos, símiles, metáforas, sentimientos más o menos elevados sugeridos por el mar, etcétera, en ritmo de letanía o de invocación. Tiene a mano un libro intitulado *100 imágenes del mar,* recopilación debida a Jaime García Terrés. Escribe: *Calificativos, invocaciones, apóstrofes, elogios, elegías y demás comentarios formulados acerca del mar:* espejo del hombre libre (Baudelaire); aprehensible al fuego de los más bellos actos del espíritu (Saint-John Perse); cómplice de la inquietud humana (Joseph Conrad); nuestra potente madre (Joyce-Buck Mulligan); triste mar (Victor Hugo); siempre sola (Jules Laforgue); no tiene corazón (Henry Miller); inconsolable... atroz (César Vallejo); vasta veleidad (López Velarde); ¡Yo soy el mar! ¡Yo soy el mar! (D. H. Lawrence); espejo... en que la forma del Todopoderoso se refleja a sí misma... (Byron); el mar nos tienta (Antonio Machado); gran mar de delirios dotado (Valéry); desolado, nocturno mar (Xavier Villaurrutia). Recuerda el mar de Dunsany, implacable y hambriento (y también tiránico). Piensa en el joven mar de Ulises, que evoca Borges; en los libres parajes marinos de Saint-John Perse; en la inútil estela de Samuel Beckett; en el Caribe de Pieyre de Mandiargues, espacio onírico; en el infierno, tan cerca del hombre, de Lautréamont; en el héroe del mar que, dice Bachelard, es un héroe de la muerte y por fin en el capitán Nemo, que encuentra en el mar la suprema tranquilidad. La narradora se pregunta si alguna de esas imágenes del mar podría ser atribuida a su personaje: una mujer que, desde una terraza de Acapulco, asocia la vista de un promontorio escarpado con la figura de Hamlet. La narradora evoca, con cierta nostalgia, los orígenes poéticos de la filosofía y recuerda que para Heráclito la muerte es el agua misma. Ella podría escribir una novela donde la lluvia disolviera los seres y las cosas hasta el aniquilamiento. Esa novela se llamaría *Muerte por agua*, aludiendo a la vez a Heráclito y a T. S. Eliot, y sería el primer momento de otra donde una mujer, frente al mar, pretendería reconstruir con la coherencia propia de los sueños una vida y una memoria dispersas en mil fragmentos, a la vez que jugaría a desafiar las olas en un juego incierto y peligroso, como son todos los juegos en los que se juega con el destino. Esa mujer se imaginaría a Hamlet y al fantasma de su padre, confundiendo una luminosa escenografía tropical con el mar sombrío de Dinamarca. Durante siete días que permanecerá en el hotel, tendrá tiempo para redondear su personaje pero sólo el séptimo día, a las cuatro de la tarde, ese personaje imaginario, hasta entonces sólo imaginado, coincide y encarna, como si dijéramos, en la figura de una mujer que, asomada a la terraza de un cuarto llamado *El mirador,* mira el mar. Sigo recordando cuando me estoy quedando aquí para olvidarme. No soy yo quien me ahogo sino tú, en un mar de palabras. Tú que me lees y que con mis ojos miras el mar y con mi deseo te dejas sumergir en el mar. Te ayudaré a seguirle el rastro a ese personaje. Es ella, cuando ninguno de los dos narradores interfiere, la que dice: "Ya no me acuerdo si es domingo. Los siete días de vacaciones están a punto de empezar. El tiempo que dura la partida. ¿Hasta cuándo tendré que estar aquí? Tengo mucha sed. Esto que me ocurre ya lo he soñado. Nadie más lo ha visto. Tú hubieras podido salvarme. Yo ya no me acuerdo de nada. Me asusta este silencio. Si la música no se detiene pronto yo voy a enloquecer. Yo sólo miro y a veces veo lo que no debo. Nadie puede salvar a nadie. Mi manía de mirar me pierde. Vivir es siempre despedirse. Mirando el promontorio, mirando el mar, mirando el barco, te digo adiós. No hay ningún misterio. Estuviste soñando otra vez. Acuérdate de la hora. Todo se reduce a estar aquí. Apúrate. Las sombras de las sombras. Tienes poco tiempo. Tú eres el olvido. Todo es únicamente un sueño. Ese muelle hace veintidós años. No puedo irme. Mi manía de encontrar relaciones. Por un momento todo tuvo sentido. Como estar viviendo dentro de una ficción. ¿Cuántas veces en tu vida? ¿Cuántas? Todo está a punto de revelarse. Ya es demasiado tarde. El peligro que nos acecha. Ocurren cosas en el hotel de las que no nos enteramos. Alguien podría. Olvídame. Déjame olvidar. Sitios llenos de helechos y de humedad. Tú que no eres yo pero que no me abandonas nunca, que no me dejas ser únicamente la que está sentada en el muelle, hace veintidós años. Es un privilegio verla jugar su juego solitario. Yo ya tengo que irme. Esta temblorosa latencia que he estado percibiendo. Yo no sé qué hacer con las palabras. Es demasiado temprano. A mí nunca me ha pasado nada." Todo está muy bien pero me gustaría saber un poco más de la naturaleza de ese juego solitario con el mar. ¿Sería acaso la única anécdota significativa de la novela? Pero ¿existe esa novela o se trata también de un juego peligroso, un juego de espejos que confunde deliberadamente los puntos de vista, de modo que resulte imposible saber cuándo se está de uno o de otro lado del espejo, siendo además que los espejos son múltiples y que la dificultad para situarse en relación con ellos se hace cada vez más inquietante? Empiezo a sospechar que en esa novela, que no sé si existe o no existe, o si es únicamente el reflejo impreciso de un sueño o el resultado de una alteración febril de la memoria provocada por una insolación que borra los puntos de referencia del tiempo y del espacio, o apenas la reiteración enfermiza de

171

una pasión maniática por el mar, objeto inmemorial de pasiones literarias e imagen de múltiples simbologías; empiezo a sospechar que en esa novela, de tan ambigua condición que es y no es al mismo tiempo, se trata precisamente de *no contar* algo que sí ha ocurrido pero que, de ser contado, daría lugar sin remedio a un relato del género de *A sangre fría,* perdiéndose así su íntima esencia que, como la de todo lo que sucede, es inabordable. Esas novelas sin capítulos, sin pausas, sucesiones interminables de palabras en un solo texto continuo, suelen ser reiterativas, monótonas, obsesivas y por lo tanto irritantes. La novela que imagina el personaje en la terraza de un cuarto llamado *El mirador* en un hotel de Acapulco sería el despliegue arrítmico y monocorde de un discurso agobiante como el sol del mediodía en torno a un hueco horadado en el tiempo por una memoria implacable. Siempre me ha parecido que hay cierta desolación en los paisajes marinos. A la orilla del mar está el verdadero fin del mundo. La semana tiene siete días y siete noches. Me dejo fascinar por mis propias palabras. Te dejas fascinar por tus propias palabras. Las palabras son también de naturaleza marina. Ella no mira el mar desde un mirador en la costa sino desde la cubierta de un barco que se aleja de Acapulco. Ella viaja para olvidar lo que ha ocurrido o, más bien, para olvidar lo que podría ocurrir. Te equivocas, porque no ha ocurrido nada. Sería necesario aclarar si el susodicho personaje ha sido el testigo o la víctima de un asesinato. Pero ¿ha habido un asesinato? El narrador que espía desde *El laberinto* ha proyectado, es cierto, la comisión de un asesinato pero se trata únicamente de una fantasía. La verdad es que ella siempre estuvo muerta. Sería bueno averiguar el significado cabalístico del número siete. La novela empieza y termina en el instante en que decide suicidarse. Pero si había salido con el propósito inocente de tomar una última fotografía. La verdad es que ella nunca salió a la terraza. ¿De qué novela se trata? ¿De la que alguien, probablemente una mujer, está escribiendo en un escritorio de maple americano o de la que atribuye como proyecto a un personaje femenino que ha colocado en una escenografía magistral, frente al Océano Pacífico? ¿O acaso de la que escribiría un narrador escondido en un cuarto llamado *El laberinto* del mismo hotel de Acapulco o de la que podría llegar a escribir una escritora que por el momento se limita a tomar notas, sentada en los escalones del promontorio junto a un anciano español que lee a Unamuno? Por último, me gustaría saber qué es lo que ella, me refiero al personaje, tendría en común con Darwin. ¿Hiciste aquel viaje por la costa del Pacífico hasta Vancouver? Hace siete días que estoy aquí mirando el mar. ¿Aquí en la terraza de un cuarto llamado *El mirador* en un hotel de Acapulco o aquí apoyada en la barandilla de un vapor en medio del Océano o aquí mirando la costa desde la cubierta de un yate de recreo que bordea lentamente la costa de

México? No hay mito del mar sin algún monstruo marino o, lo que es lo mismo, sin alguna ballena blanca. Recuerda que el paraíso está siempre del otro lado del mar. Pero en esta novela no hay ningún mito sino tan sólo una mirada imaginaria que finge ser una mirada real pero que sólo siendo imanaria puede aludir, como lo hace, a todas las miradas que han mirado al mar y a algunos de los infinitos motivos que han tenido los hombres para mirar el mar. Durante el breve lapso de esa mirada una luz deslumbradora confunde el cielo y el mar. ¿Tendrá algo que ver esa luz de mediodía con otra luz, artificiosamente dispuesta sobre otra escenografía magistral propicia a ser mirada obsesivamente, la luz de cientos de spots que iluminan la gran plaza de Venecia, desierta, después de medianoche? La mujer que, desde el mirador, mira el mar pierde definitivamente cualquier posibilidad de ser ella misma y se vuelve personaje de ficción cuando alguien que a su vez la mira como ella mira el mar, o imagina que la mira como ella imagina que mira el mar, la convierte en sujeto de una novela que sí se escribirá, o que sí se ha escrito porque muy bien podría ser *esta* novela, mientras que la novela que ella proyecta no se escribirá nunca porque la naturaleza de su visión es la naturaleza del sueño y el papel para el que estaba destinada era el de representar, en la novela de otro o de otra, el de un personaje que proyecta novelas irrealizables o, por lo menos, irrealizadas. Para evitar el convenciona-

174

lismo de un desenlace, algunos novelistas prefieren el
convencionalismo de varios desenlaces probables, quizá para dejar constancia en la ficción de la ambigua
inconsistencia de la realidad o de que la verdad no es
jamás una sino varias y nunca tan veraz como cuando es inventada o quizá sólo para demostrar, una
vez más, que el color de la realidad depende del
cristal con que se mire. La proliferación de desenlaces posibles o probables parecería caerse por su peso
cuando es tal la ambigüedad de la historia que
exigiría desenlace que ni siquiera sabemos de qué historia se trata o de la historia de quién. Siendo así,
la mujer del mirador, quienquiera que sea (o yo que
escribo, o tú que me lees, o los dos que leemos lo
que yo o tú o los otros escriben) ha enloquecido
transitoriamente por el efecto de una insolación intensa debiendo ser rescatada por ellos (?) del mirador fatídico para ser conducida en brazos a la
cama y de allí a un sanatorio donde acaso sigue
imaginando, mientras duerme, que desde un mirador mira el mar. O bien ha tomado la fotografía,
motivo por el cual había salido del cuarto justamente cuando ella y sus acompañantes se disponían
a partir, dando por terminadas las vacaciones y re-
gresando al lado de quienes la esperan en el cuarto
refrigerado para reintegrarse, como es debido, a la
vida cotidiana. O, haciendo un abuso insospechado
de su libertad personal, decide violar las reglas del
juego, es decir, de esta novela que es un juego donde
yo creía mover las fichas a mi antojo, de esta no-

175

vela que ha pretendido hacer de ella una criatura
indecisa y generosamente disponible para ser, por
fin, su propio personaje, saltar desde la terraza y
convertirse en un cadáver estrellado y desfigurado
al pie de la barranca, quiero decir del promontorio.
Ciertos hechos consignados en los diarios capitalinos
en la edición matutina del lunes 9 de mayo de 1971
parecerían corroborar esta última versión. La noticia dice así: Una mujer, de edad incierta, murió
ayer al caer a una barranca de 15 metros desde su
cuarto de un hotel de Acapulco; la caída se debió
a que la mujer estaba completamente ebria; unos
empleados del hotel descubrieron el cuerpo en el
fondo de la barranca; con la caída sufrió frac-
tura de cráneo y tórax siendo seguramente la primera la que le causó la muerte; el agente del
Ministerio Público tomó conocimiento del caso, vi-
sitó el lugar y decidió que no había delito que per-
seguir; según los testimonios de algunas personas
que a esa hora se encontraban en la alberca, la
mujer perdió el equilibrio al acercarse al barandal
de la terraza y fue a caer al fondo del precipicio;
mozos del hotel y ambulantes de la Cruz Roja des-
cendieron con gran dificultad al fondo del barranco
y finalmente encontraron el cuerpo, que fue subido
en camilla con el auxilio de algunas cuerdas; la
hipótesis del suicidio tiene ciertos visos de probabi-
lidad si se toma en cuenta que se trataba de una
mujer sola, según hace suponer el hecho de que el
cadáver no hubiera sido reclamado aún a altas horas

de la noche de ayer a pesar de haberse difundido la noticia por radio y televisión, y si se añade a la circunstancia de su soledad la de no haberse encontrado en su habitación dinero en efectivo, chequera ni tarjetas de crédito, lo cual hace pensar en la imposibilidad en que se hubiera visto la fallecida de liquidar la cuenta del hotel, donde había permanecido siete días. Sin embargo, yo, que conozco mejor que nadie al personaje porque lo he inventado, independientemente de los hechos y aun de su voluntad, sugiero que el único dato al que puede atenerse el lector, sin temor de ser engañado, el que constituye la única clave de este libro y, en consecuencia, de la identidad de dicho personaje, aparece en la página 111 donde ya debe haberlo descubierto si dispone de cierta perspicacia, de la malicia atribuible a cualquier lector contemporáneo y de un conocimiento elemental de la lengua francesa: ella, la mujer que desde un mirador de Acapulco mira el mar, tiene los cabellos rojizos y se llama Sabina. Ésa es, sería en definitiva la única certidumbre y todo lo demás un espejismo o una ensoñación. "No estoy aquí. Estoy en otra playa, hace veintidós años...", etcétera, vendrían a ser las únicas palabras, formuladas imaginariamente, de una novela que no llegará a escribirse y que no es, por supuesto, *esta* novela, pero sí la única que hubiera valido la pena escribir. Las únicas palabras imaginarias, que son las únicas palabras reales, las palabras que me persiguen y me rodean y yo, en este

177

mirador, ya a punto de irme, mirando por última vez el promontorio y dejando que me invada, en la luz radiante de las cuatro de la tarde de este domingo 8 de mayo de 1971, un ruido que parece de palabras pero que es el mismo ruido que me acecha desde el principio: el ruido monocorde, el ruido incesante, el ruido terco, el ruido sibilante, el ruido amenazador, el ruido apaciguante, el ruido lejano y familiar, el ruido excitante y letárgico, el ruido que me colma y me deja vacía, el ruido persistente y lacerante del mar. Cuando yo era niña veía el mar por todas las bocacalles, pero eso no tiene nada que ver con la novela que estás escribiendo como si yo la estuviera pensando, mientras me niego a seguir siendo tu personaje y de un salto gracioso o quizá ridículo salvo la distancia entre el mirador y el mar, entre mi mirada y el mar, y quedo tendida al pie del promontorio recordando, mientras me quejo levemente sabiendo que nadie me oye, en el lapso de un instante mínimo que seguramente podría llamarse un instante de agonía, que desde un mirador he mirado el mar. Y sin embargo yo aseguro que ella, tú, yo no se ha movido del mirador ni se moverá mientras yo la recuerde y te haga creer que la recuerdas, mientras alguien, en alguna parte, formule una vez más, una por una, las palabras que en secuencia forman este libro empezando por "No estoy aquí, estoy en otra playa..." y ese alguien, desde el rincón donde lee, empiece a ver, con los ojos de una mujer de cabellos rojizos llamada Sa-

178

bina, el promontorio y el mar. Me advierten que es indispensable, por lo menos, una apariencia de término, la ficción de un punto final. Y lo pongo. Pero éste no es el fin, sino el principio.

Avándaro, junio de 1971
Cuernavaca, enero de 1973

IMPRESO Y HECHO EN MÉXICO
PRINTED AND MADE IN MEXICO
EN BOLEA DE MÉXICO, S. A.
CALLE 3 9-A, NAUCALPAN DE
JUÁREZ, ESTADO DE MÉXICO.
EDICIÓN DE 3 000 EJEMPLARES
Y SOBRANTES PARA REPOSICIÓN
2-VI-1978